미사키 준

ill. 시오 코지

The girl I met on
a matching app was my student.

매칭 앱으로

만난 그녀는 내 제자였다

© Shiokoji
메구 24
#나이가 비슷한 사람과 만나고 싶어
#혼자만의 시간도 중요
#같이 술을 마시고 싶어
자기소개
로리콘은 극혐이라 사절
외모 때문에 자주 여고생으로 오해받지만, 엄연한 성인랍니다.
지금은 프리터. 선배가 운영하는 바를 돕고 있습니다. 하지만 매운 술은 싫어해요.
달달한 술이 좋아요. 음악은 록, 비주얼계. 같이 클럽에 가실 분은 거수 의외로 금방 빠져드……

마이마이 26
#연인이 오타쿠라도 OK
#한번 좋아지면 직진
#앱 초보
#패션이 좋아
#요리가 특기
자기소개
안녕하세요! 프로필을 봐 주셔서 감사합니다!
마이마이라고 합니다. 친구에게 남자친구가 생겨서 서둘러 앱을 시작했는데, 아직 사용법도 잘 모릅니다 그리고 여학교 출신이라 남자와 대화하는 것이 익숙하지 않아서 먼저 말을 잘 못 걸어요……. 평소에는 서점 직원으로 일하고, 만화나 애니……

© Shiokoji

슈 오빠도❤
빨리 놀자

괜찮아요.
평소에 학생들에게 끓어오르던
감정을 쏟아내도
사실은 하고 싶죠~?

Contents

The girl I met on a matching app was my student

매칭 앱으로 만난 그녀는 내 제자였다

2

미사키 준 지음 / 시오 코지 일러스트 / 김진희 옮김

소미미디어

커버 그림, 본문 일러스트 | **시오 코지**

프롤로그 Prologue

개방적인 기분이 되는 '여름'은
수많은 사랑이 탄생하는 계절이기도 하다.

한여름의 꿈의 모험이라는
말도 있을 정도다.

반짝반짝 빛나는 태양 빛 아래
일상적으로 옷이 얇아지기도 하고
바다나 수영장에서 피부를 노출할 기회도 많아진다.
육체적 매력을 선보일 기회이다.

축제의 불꽃놀이와 이벤트도 잔뜩.

야외에서 자신의 새로운 매력을
어필할 수도 있을 것이다.

긴 휴가.

평소와 다른 환경에서 해 보는
조금 위험한 불장난.

첫 경험이 '여름'인 사람은 꽤 많다고 한다.

물론 불장난에는 위험이 따른다.
가능하면 학생들은 하지 않았으면 하고,
여름 방학 전에 주의를 주는 것은 교사의 역할이지만…….

결혼 활동 중인 나에게 '여름'이라는 환경은
기회 그 자체였다.

한여름의 '사랑'이 아니라
그것으로부터 시작되는 장기적인 '사랑'을 찾아서
나는 움직이고 있었다.

틀림없이 똑같은 생각을 가진 여성이
어딘가에 있을 것이라고 믿으며.

학생만큼은 아니지만
평소와 비교하면
여름 방학의 교사는 시간도 있고,
월차도 쓰기 쉽다.

그런 여름에 나는 믿을 수 없는
사건을 경험한 것이다.

1

""""건배!""""

내가 교사로 일하는 츠키시마 고등학교가 여름 방학에 들어간 지 얼마 안 되었을 때.

8월이 다가오고 있는 가운데 회식 자리가 있었다.

모인 사람은 나, 즉 고등학교 교사인 키자키 슈고의 대학 시절 친구들이다. 가을에 결혼식을 올리는 중학교 교사 하카마다와 초등학교 선생님인 야나 = 아오야기 이렇게 3명이다.

우리 셋은 좀처럼 시간이 맞지 않아 봄 방학 이후로 처음 보는 것이었다.

대학 시절에는 1주일에 한 번꼴로 마셨는데, 서서히 그 간격이 길어지는 것은 각자가 각자의 인생을 살고 있기 때문일 것이다.

그것이 어른이 된다는 것인지도 모른다.

"크, 맛있다. 역시 여름엔 맥주지."

"오늘도 덥네."

나는 하카마다의 말에 맞장구쳤다.

이런 날에는 역시 뼛속까지 시원해지는 맥주가 최고다.

“그런데, 그 매칭 앱 말이야.”

놀랍게도 그 이야기를 먼저 꺼낸 것은 매칭 앱 ‘TWINS’에서 여자친구를 만나 곧 결혼까지 앞둔 하카마다가 아니라, 나와 동시에 앱에 가입한 야나였다.

설마 나보다 먼저? 그럴 리가……. 내가 이렇게 불안해하는 가운데 하카마다가 물었다.

“무슨 진전이라도 있었어?”

“썸녀가 생겼거든. 아니, 이미 사귀고 있어.”

“뭐?” 나도 모르게 동요를 드러내고 말았다. 예상하고는 있었지만, 충격적인 전개이다. 같은 시기에 TWINS를 시작한 야나에게 추월당하다니——.

“오오, 어떤 사람인데?!”

“그게 사실은…….”

집요하게 묻는 하카마다에게 야나가 대답한다.

상대는 돌싱으로, 아이는 없지만 3살 연상의 독신녀라고 한다.

돌싱이란 한 번 결혼했다가 이혼했다는 뜻이다. 지금은 결혼하는 3쌍 중의 1쌍이 이혼하는 시대이니 드문 일도 아니다.

참고로 공무원이자 안정된 직업으로도 유명한 공립 교사는 결혼 시장에서 인기가 좋지만, 너무 바빠서 가정불화가 많고 사람과 접촉도 잦은 직종이기도 하다. 당연히 그만큼 바람이나 불륜이 많아서 이혼율도 높다. 실제로 우리 학교에도 이혼한 교사가 몇 명이나 있어서 낯설지 않다. 그래도.

'상대에게 아이가 없더라도 나는 못 사귈 것 같아…….'

하지만 야나는 학생 때는 메종 아오야나라고 불렸던 남자다.

좋아하는 타입은 《메종일각》의 오토나시 쿄코.

즉 연상의 과부이니 아무 문제 없을 것이다.

"사진 보여줄까?"

"그렇게 말하는 거 보니 보여주고 싶은 모양인데?"

하카마다가 능글맞게 웃는다.

참고로 말하면, 하카마다도 자신의 약혼자를 자랑스럽게 우리한테 보여줬기 때문에 그 기분을 이해하고 있는 것이리라.

"뭐 그런 거지. 봐봐. 30살 언저리에 이렇게 예쁜 사람 봤냐?"

"확실히 미인이네……."

야나가 내민 스마트폰 속의 사진을 보고 나도 모르게 이렇게 중얼거렸다.

어딘지 몽환적인 분위기를 풍기는 일본식 미인.

말마따나 30살 언저리로 보이지 않는다.

"딱 야나 취향이네. 스트라이크야."

하카마다가 말을 계속한다.

"왜 이혼했는지 물어봤어?"

"그건 일단…… 정식으로 사귀자는 이야기가 나온 다음에 미나가 먼저 말해 주더라고……."

상대의 이름은 미나인 모양이다.

자세하게 말해 준 것은 아니지만, 처음 잠자리를 가진 후에 이불 속에서 야나가 "결혼을 전제로 사귀고 싶다"고 말하자 내막을 말해 주었다고 한다.

미나 씨는 연상의 전남편과 대학 시절에 만났다고 한다.

전남편은 회사원이고, 나이 차이도 10살 가까이 되었다.

하지만 미나 씨에게는 첫사랑이기도 해서 눈에 콩깍지가 씌어 속전속결—— 대학 졸업 후에 바로 결혼했는데, 그 후 그가 가정 폭력을 저지르는 사람인 걸 알게 되었다. 그리고 그것이 상해 사건으로 이어져 이혼했다고 한다.

"흔한 경우이긴 하지만, 심각했네."

하카마다의 말에 나도 진지한 얼굴로 고개를 끄덕였다.

"엄청난 트라우마였나 봐. 그러다 겨우 나아서 새로운 만남을 가져 볼까 했지만, 사귄 다음에는 돌싱이라는 걸 밝히기도 어렵고, 연상은 트라우마가 되살아나서 싫었대……. 그런데 매칭 앱이라면 상대의 나이도 알 수 있고, 돌싱이라고 쓸 수도 있잖아. 그래도 좋다는 사람이 있으면 사귀자는 생각으로 TWINS에 가입했다더라고.”

그것은 매칭 앱의 적절한 사용법이고, 납득이 가는 이유이다.

“그러다가 나랑 연결돼서 만나다 보니 점점 친해졌고…… 그런 관계가 된 거지. 내가 가정 폭력과 무관한 사람인 건 너희도 잘 알잖아? 그리고 가능하면 상처받은 그녀의 버팀목이 되어 주고 싶어서 아까 말했던 대로 결혼을 전제로 사귀자고 한 거야.”

“상황까지 포함해서 모든 것이 네 취향이고, 학생의 부모를 건드리는 것보다는 백 번 나아. 상대방의 상처를 치유해 준다는 것도 미연시 같은 스토리이고. 야나 너 그런 것도 좋아했잖아.”

“응. 별명이 메종 아오야나였을 정도니까.”

하카마다의 농담 같은 말에도 야나는 수줍은 웃음으로 대답했다.

어찌 됐든 매우 행복해 보인다.

하카마다의 말대로 확실히 야나다운 선택이고, 이것이야말로 베스트 매칭일 것이다.

돌싱은 나한테는 무리이지만, 야나가 좋다면 상관없다.

사랑에는 다양한 형태가 있으니까.

“……그래서 난 일단 매칭 앱은 졸업이야. 슈고는 어때? 하카마다한테 듣자니 큰일도 많이 겪은 것 같던데.”

"아, 아하하……."

예상은 했지만 역시 다음은 내 차례인 듯하다. 전화로 하카마다에게 몇 번쯤 상담한 것이 야나의 귀에도 들어간 모양이다. 나는 맥주를 벌컥벌컥 마시고 말했다.

"……크으. 아직 정식 애인은 없어."

나는 자포자기한 심정으로 이렇게 내뱉었다.

현재 우리 셋 중에서 유일하게 여자친구가 없다. 매칭 앱은 물론이고 동정조차 떼지 못했다. '약자 남성' 그 자체다.

"잔 비었잖아. 자포자기든 뭐든 상관없으니까, 오늘은 일단 마셔. 다음은 뭐 마실래?"

"맥주."

"여기요, 맥주 한 잔이요!"

애인이 생긴 야나가 친절을 베풀었다.

그것만으로도 나는 패배자가 된 기분이 된다.

"너 눈이 너무 높은 거 아니야?"

하카마다가 한심하다는 투로 묻는다.

"아니야."

"하지만 벌써 10명은 만났잖아. 썸탄 사람이 한 명도 없단 말이야?"

야나가 이렇게 추격해 왔다.

"그럴 수도 있지……."

"사실 너 여자랑 단둘이 있으면 성격이 바뀌거나 그러는 거 아니야? 갑자기 말이 없어진다든가……."

"그런 성격이면 교사를 어떻게 하냐?"

"데이트는 다르지, 데이트는."

그렇긴 하다.

평범하게 학생이나 학부모, 동료들과 말하는 것과는 다르게 데이트 때 훨씬 더 긴장한다는 것은 그간의 경험으로 잘 알고 있다.

그렇다고 성격이 바뀌는 정도까지는 아닌데.

"지금 매칭돼서 진전 단계에 있는 상대는 몇 명이야?"

이번에는 하카마다가 질문했다.

"한 명……."

그것은 물론 아야세도 사가라도 아니다.

내가 지금 앱에서 만나고 있는 사람은 '마이마이'라는 이름의 여성이다.

그 만남은 일주일 전으로 거슬러 올라간다——.

2

여름 방학이 시작되어 학생들이 장기 휴가에 들어갔을 때의 일이다.

참고로 어떤 교사든 다른 직업을 가진 사람들에게 "교사는 학생처럼 여름 방학이 있어서 좋겠다"라는 말을 자주 듣는다.

물론 그렇지 않다.

여름 방학 기간은 수업이 없는 '휴업일'이지만 '근무일'이기는 하기 때문이다.

7월에는 보충 수업도 있고, 동료인 카토 선생님처럼 동아리를 맡은 선생님들은 8월에 들어가면 대회나 합숙으로 바쁘다. 그게 아니더라도 각종 연수나 교육에 참석하는 등 이벤트가 많다.

물론 교내 비품도 교체해야 하고, 틈틈이 2학기 수업 계획도 짜야 한다. 평소와 똑같이——는 좀 과장이지만, 나름 할 일이 있는 것이다.

단, 반차를 포함해서 월차는 쓰기 쉬워서, 학교 측은 이런 장기 휴업일이 있는 시기에 쓰도록 권장하고 있다. 야근하지 말라는 것도.

즉 매칭 앱에 정성을 들이기에 좋은 타이밍이라 오늘도 집에 가서 해야지 하고 있는데, 학교를 나오려고 했을 때 띵동하고 스마트폰이 알람이 울렸다.

슬슬 퇴근 시간이죠?

몇 시?

아야세의 메시지였다.

그것을 본 나는 "하아……" 하고 한숨이 나왔다.

여름 방학에 들어가고부터 아야세가 집에 오는 날이 많아졌다.

마침 휴가 중이라 엄마가 집에 남자를 데리고 온다는 둥, 친구가 여름 방학 중에 남친을 데리고 와서 친구 집에서 잘 수가 없다는 둥 하지만, 그냥 내 집에서 만화책을 보거나 게임을 하고 싶을 뿐이라는 생각이 든다.

그런 의심을 하면서 학교를 나와 집 앞에 도착하자 아야세가 서 있었다.

"쌤, 왜 이렇게 늦어요?"

안경을 끼고 머리를 양 갈래로 땋아 내린 모습은 영락없는 다른 사람이다. 긴 흑발의 미소녀 그 자체이다.

그리고 그 목에는 내가 생일에 선물로 준 초커를 차고 있었다. 마음에 드는 모양이다. 아야세는 요즘 그것을 자주 착용했다.

"응급 환자 때문에 전철이 멈춰서 10분 정도 늦는다고 메시지 보냈잖아."

"하지만 3분 더 늦었어요."

"그 정도 오차는 봐줘야지. 계속 여기서 기다렸어? 집에 도착하면 연락하려고 했는데……."

"장을 다 봐서요. 기다린 건 10분 정도예요. 여기서 스마트폰으로 모바일 게임 하고 있었어요. 뭔가 연상의 남친이 귀가하기를 기다리는 여대생 같은 기분이랄까. 쌤이 좋아하는 거랑 똑같은 소설 게임을 하면서."

"남친을 기다리는 여대생이라니, 도대체 무슨 말을 하는 거니……."

"인터넷으로 만난 친구가 그러는 걸 본 적이 있거든요. 불만 있으면——."

아야세가 갑자기 나를 향해 손바닥을 내밀었다.

"열쇠를 복사해 주면 되잖아요."

"어림도 없는 소리."

그랬다가는 감당하지 못할 일이 벌어질 것 같은 예감밖에 안 든다.

내가 없는 사이에 집 안을 뒤지고 다닌다고 해도 이상하지 않고, 어쩌면 아야세의 취향대로 인테리어를 바꿔 놓을지도 모른다.

어떤 식으로 바꿀지는 상상도 안 가지만.

"못됐어. 저녁도 만들어 주는데."

나는 한숨을 쉬면서 문을 따고 현관으로 들어갔다.

"실례합니다."

당연한 듯 따라서 들어오는 아야세.

곧장 신발을 벗고 거실로 간다.

"우선 저녁부터 만들게요."

앞치마를 두르고 주방에 서는 아야세.

여러모로 생각은 복잡하지만, 이렇게 요리를 만들어 주는 것은 정말 고마운 일이었다. 외식에만 의존하면 편식하기 쉽고, 돈도 든다.

게다가 아야세의 요리 솜씨는 점점 좋아져서 식사는 꽤 맛있다.

'아빠한테 이렇게 요리해 주는 게 꿈이었을까?'

이런 생각이 드는 것은 아야세가 어렸을 때 아빠와 사별했다는 것을 알게 되었기 때문이다.

게다가 엄마는 유명 여배우이다.

바쁘고 자유로운 사람이다.

따라서 그녀에게 부족한 '가족'이라는 조각을 내가 채워 주고 있는 거라면 그것도 나쁘지 않다고 생각하지만, 한 학생에게 지나치게 관여하는 것은 교사로서는 좋지 않은 일일 것이다.

참고로 좋지 않은 것으로 치면, 요리의 재료비도 주고 있지 않다.

가끔 단둘이 식사하러 가서 식사비를 내거나 선물을 주는 등으로 보답하고 있지만, 솔직히 이래도 되나 싶다.

하지만 아야세에게 재료비를 주겠다거나 요리는 안 해도 된다고 거절했다가는 지금까지 찍힌, 내 교사 생활은 물론이고 인생마저 망쳐 버릴 사진을 유포할지도 모른다.

© Shiokoji

물론 그녀의 연애 지도를 거절해도 마찬가지다.

이것도 다 매칭 앱을 시작한 것이 원인이다…….

'그러니까 우선 매칭 앱으로 여친부터 만들어야 해.'

그러면 모든 것이 해결될——지는 모르겠지만, 이 비정상적인 상황에 익숙해져서 정체되어 있으면 안 된다. 앞으로 나아가야 한다고 생각하고 있는데, 스마트폰에 메시지가 도착했다.

요즘 자주 대화를 나누는 상대.

매칭 앱 TWINS에서 연결된 마이마이 씨였다.

마이마이 씨는 서점원이다.

말하자면 서점에서 직원으로 일하는 여성이다.

만화와 소설을 좋아한다는 공통점 때문에 친해져서, 괜찮으면 직접 만나서 대화를 나누자는 메시지를 주고받던 중이었다.

그녀의 대답은 이런 것이었다.

이번 주는 수요일과 목요일이
쉬는 날이니
그날 괜찮으시면 봬요.
시간은 슈 씨가 정하세요.

"좋았어!" 나도 모르게 환호하고 말았다.

"뭔데요? 게임에서 좋은 소식이라도 떴어요?"

이렇게 말하면서 요리를 가져오는 아야세.

식탁 위에 접시를 내려놓으면서 물었다.

"오늘은 몸에 좋은 채소 볶음면, 샐러드, 채소 수프를 만들어 봤는데, 어때요?"

"좋은데? 매일 인스타에 이런 요리 사진을 올리면 인기 폭발일걸."

TWINS는 인스타, 즉 인스타그램이라는 사진이나 동영상을 공유하는 소셜 네트워크 서비스와 계정을 연동할 수 있다. 거기에서 요리 사진을 올리는 사람을 보면 매력을 느끼곤 했었다.

가정적인 이미지나 좋은 아내가 되어 줄 것 같은 인상을 받기 때문인지도 모른다.

"정말요?! 그럼 쌤도 요리를 해 보면 어때요? 요즘은 집에서 여자만 요리하는 시대도 아니잖아요. 요리하는 남자, 분명 인기 있을걸요!"

식탁에 마주 앉으면서 이런 말을 하는 아야세.

"음~, 하지만 지금 같은 상황에서 요리는 좀 귀찮아."

학교에서 돌아와 지쳐 있을 때는 요리를 할 기운이 안 난다.

"하지만 인기를 얻으려면 노력해야죠. 제가 요리를 평가해 드릴게요. 아, 요리 교실에 다니는 남자는 진짜 인기 있다던데. 여름 방학이니까 딱 좋지 않아요?"
"글쎄."
아야세가 만들어 준 요리를 다시 한번 본다. 이 요리를 만든 사람에게 평가받는 것은 벽이 너무 높은 것 같다. 참고로 요리 교실은 신부 수업을 받거나 신랑감을 찾는 중인 여성도 많이 다니기 때문에 만남의 장이 될 수 있다는 이야기를 들은 적이 있긴 하다.
"한번 생각해 볼게."
"안 하겠다는 거네요."
들켰다.
"그럼 잘 먹겠습니다."
나는 아야세의 요리에 손을 댄다.
"음, 맛있어. 천재야."
"말 돌리지 마세요. 기껏 쌤을 위해서 조언했는데."
조언이라는 말에 문득 생각났다.
마이마이 씨에게 답장을 까먹고 있었다.
내가 황급히 스마트폰을 집어 들자, 아야세가 묻는다.
"쌤, 왜 그러세요?"
"빨리 답장을 보내야 하는 사람이 있어서."
"누군데요? 설마 여자?"
"보지 마!"
나는 스마트폰 화면을 들여다보려는 아야세를 피해 팔

을 쭉 뻗어 스마트폰을 멀찌감치 치운다. 그러나 아야세는 온몸으로 손을 뻗어 왔다.

마치 달려드는 강아지 같다.

"그거 TWINS 화면이잖아요! 매칭 앱의 상대는 가르쳐 주겠다고 약속했으면서!"

"그런 약속을 했던가?"

"했어요! 연애 상담하겠다고! 그러니까 보여주세요! 안 그러면 절 덮치려고 하는 사진 뿌릴 줄 알아요."

"그거 까놓고 말해서 덮치려는 장면도 아니었잖아. 이제 그 사진 좀 지워……."

결국 나는 이번에도 강제로 아야세에게 연애 상담을 하게 되었다.

"아야세 말대로 메시지의 상대는 지금 TWINS에서 만나고 있는 사람이야. 이번에 직접 만나기로 했거든."

"아, 아까 '좋았어!'라고 한 게 그거군요. 어떤 여잔데요? 빨리 보여줘요!"

나를 향해 손을 뻗는 아야세. 나는 이렇게 될 것 같아서 말하고 싶지 않았다고 생각하면서도 아야세에게 스마트폰을 보여주었다.

"마이마이라고, 서점원인데, 만화와 소설 이야기를 하다가 친해졌어."

"흠~, 서점원……. 즉 서점 직원이라는 거군요……."

스마트폰을 들고 프로필을 뚫어지게 쳐다보는 아야세.

"확실히 그런 느낌이네요. 이미지 그대로라는 느낌. 얼굴도 귀엽고, 오타쿠들이 좋아할 것 같이 생겼네요."

"평가하고는."

"사실이 그렇잖아요. 연애에 서툴 것 같은 인상까지. 안경을 벗으면 의외로 미인일지도? 틀림없이 지뢰겠지만."

"지뢰라니……. 만난 적도 없는 상대한테 실례잖아."

"하지만 분명 뭔가 나쁜 걸 숨기고 있어요! 이 사진이 증거예요!"

스마트폰을 나에게 들이대며 마이마이 씨의 사진을 보여주는 아야세.

"대체 어디가? 내가 보기에는 평범하구만."

"아니요, 너무 잘 나왔어요! 전문가가 찍은 것 같잖아요. 피사체가 어떻게 해야 귀엽게 찍히는지 알고 찍은 거예요. 즉 함정일 가능성이 높죠."

"……?"

전혀 모르겠다.

양손으로 피스 하는 모습이 엄청나게 귀여운 건 알겠지만.

"친구 중에 전문가가 있나 보지. 내 사진도 아야세가 찍은 거잖아."

"앗, 지금 저한테 프로 사진가 같다고 칭찬하신 거예요?!"

순간 얼굴이 환해지는 아야세.

© Shiokoji

"뭐 잘 찍긴 하지……. 실제로 내 인스타도 꽤 인기니까."

사실 아야세의 제안으로 나도 필명으로 인스타에 사진을 올리고 매칭 앱과 연동시켜 놓았다.

물론 셀카는 안 올리고, 피사체는 풍경, 동물, 음식 따위이다.

"그런 걸 찍는 게 쌤 이미지하고도 맞고, 서브컬처 느낌도 나서 인기 있을 거예요."

이것이 아야세의 제안이었는데, 실제로 그 말이 맞았다.

인스타에도 '좋아요!'가 많이 달리게 되었고, 그것을 보고 나에게 흥미를 느끼는 사람도 늘어났다.

실제로 사진을 찍는 것은 아야세이지만.

사실상 내 인스타는 아야세의 취미를 발표하는 장이 되었지만, 아야세는 '거기 글은 쌤이 썼으니 문제없다'고 했다.

원래 나는 인스타에 사진에서 연상되는 격언이나 시를 썼다.

국어 교사답게 나름 책도 많이 읽었고, 고등학교나 대학교 시절에도 취미로 꾸준히 글을 썼기 때문에 글짓기도 제법 자신이 있다.

그러나 이제는 사진에 관한 감상뿐.

물론 SNS에 그런 특성이 있기도 하지만, 이렇게 해야 타인의 관심을 받을 수 있다는 생각이 드는 점에서 아야세에게 논리로 패배한 기분이다.

부정하기도 어려운 것이, 아야세에게는 말하지 않았지만, 마이마이 씨도 아야세가 찍은 사진을 보고 나에게 흥미를 보인 사람 중 하나다.

"아무튼 수상하면 바로 철수하세요. 아마 제 예감이 맞을 거예요. 그러니까── 후아암……."

식사를 마친 뒤, 손으로 입을 가리고 늘어지게 하품하는 아야세.

"슬슬 졸리니까 설거지하고, 목욕하고 자요. 쌤, 같이 할래요?"

"말도 안 되는 소리를."

앉아 있는 나를 뒤에서 껴안는 아야세를 밀쳐낸다.

"에이~. 요즘 쌤 너무 냉정한 거 아니에요? 이런 걸 해도 별로 동요하지도 않고."

"그러니까 적당히 했어야지."

"그럼 이건 어때요?"

"야!"

나도 모르게 비명이 나온 것은 이번에는 가슴이 꽉 눌릴 정도로 등에 밀착시켰기 때문이다.

"앗, 동요했다."

"당연하지. 이러는데 동요 안 할 남자가 어디 있어!"

"이런 게 어떤 건데요~?"

도발하듯이 이렇게 말하면서 이번에는 몸을 흔들기 시

작하는 아야세.

내 등 위에서 가슴이 춤을 춘다.

"부비부비. 어때요? 저도 학생이 아니라 여자라고욧……!"

"알았으니까 떨어져!"

"와, 인정받았다~. 그러면 됐어요♡"

만족스럽게 떨어지는 아야세.

이어서 내 얼굴을 쳐다보고 능글맞게 웃는다.

"하하하, 쌤 얼굴 새빨간 거 봐~. 나의 승리~. 그럼 목욕하고 나올게요!"

아야세는 기분 좋게 목욕탕으로 갔다.

'맙소사…….'

한숨이 나온다. 결혼 활동에는 전혀 진전이 없어도 여성한테는 꽤 익숙해졌다 싶었는데, 이렇게까지 나오면 아무리 상대가 학생이라도 힘들다.

저렇게까지 자연스럽게 남자를 놀릴 수 있는 것은 수많은 남자와 염문을 뿌려 마녀라고까지 불렸던 어머니를 닮아서일까?

젊은 남자라면 하반신이 견디지 못할 것이다.

'그건 그렇고…….'

아야세가 이 집에서 자는 게 일상이 되는 건 절대로 좋은 일이 아니다.

아야세가 자는 침대와 별도로 내가 쓸 이불을 따로 마련

해 놓은 것을, 아야세가 환영의 뜻으로 오해한 것인지도 모른다.

일이 이렇게 되었지만, 그래도 매칭 앱으로 여자친구가 생기면 이런 나날에 종지부를 찍을 구실이 될 것이다.

하지만 그렇게 됐을 때 아야세가 어떻게 나올까?

내가 아닌 다른 의존처를 찾는 건가?

집에 가고 싶지 않을 때 찾아갈 새로운 숙박처를 찾게 될까?

전에 이런 이야기가 나왔을 때, 아야세는 나에게 생긴 여자친구와도 친해져서 이 집에서 자겠다고 말했었다.

진심인지 농담인지는 모를 말이지만, 현실적이지는 않다.

좋은 해결책은 없을까?

'가장 좋은 것은 독립인데…….'

모자가정이라고는 하나 엄마는 대배우. 돈은 문제없겠지만, 교사가 여고생의 독립을 권하는 건 좀 이상하다.

이런 생각을 하면서 결국 아직 보내지 못했던 메시지를 마이마이 씨에게 송신했다.

첫 만남은 밤보다는 낮이 좋을 것이다.

그래야 할 것만 같은 상대이기도 하고, 지금은 여름 방학이다.

월차도 아직 남아 있어서 전혀 문제없다.

괜찮다고 하면 반차라도 내야지 생각하면서 나는 메시

지를 보냈다.

수요일 14:00시 맞죠?

3

드디어 마이마이 씨와 데이트하는 날. 지뢰일 것 같다는 아야세의 평가는 신경 쓰지 않기로 하고, 나는 약속 장소인 카페로 향했다.

먼저 도착해서 기다리고 있으니, 안경을 낀 한 여성이 뛰어 들어온다.

아야세 때하고는 다르게 패널 매직 같은 느낌이 하나도 없다. 사진과 똑같은 외모라 금방 알아보았다. 마이마이 씨다.

그녀는 시선이 마주치자마자 화들짝 놀라더니 종종 뛰어왔다.

“죄, 죄송해요. 제가 늦었죠……. 슈 씨……이시죠?

숨을 몰아쉬며 어깨를 들썩거리는 마이마이 씨.

“아, 네. 처음 뵙겠습니다.”

카페 안에 있는 시계를 흘끗 보았다. 기껏해야 1~2분 차이였다.

솔직히 늦었다고 할 정도는 아닌 듯싶었다.

"처, 처음 뵙겠습니다. 제가 마이마이예요……!"

"별로 늦지도 않았는데 신경 쓰지 마세요. 진정하시고, 일단 앉으시죠."

"네, 저기, 그럼……."

나와 마주 보는 자리에 앉는 마이마이 씨.

그때 종업원이 물과 물수건을 가지고 왔다.

이어서 메뉴판을 받아 종업원에게 큰 소리로 말하는 마이마이 씨.

"아, 감사합니다!"

목소리는 뒤집어져 있었고, 펼쳐 든 메뉴판은 상하가 반대였다.

"헉?! 죄, 죄송해요!"

왠지 사과하며 정위치로 돌려 잡더니 메뉴를 읽기 시작했다.

한눈에 보기에도 심하게 긴장한 것 같았다.

소동물 같은 반응에 종업원도 흠칫할 지경이었다.

"아, 슈 씨는……."

"전 커피면 됩니다. 마이마이 씨가 고르세요."

"아, 알겠습니다! 감사합니다!"

다시 메뉴를 읽는 마이마이 씨.

"아, 암…… 그, 그럼 이 아이스티로."

종업원은 주문을 확인한 후 "알겠습니다" 하고 돌아갔다.

주문도 마쳤으니, 지금부터 둘만의 대화가 본격적으로 시작……될 터였는데.

“저, 저기…….”

마이마이 씨는 무슨 말을 하려다가 곧 그만두었다. 그러고는 당황했는지 이렇게 말했다.

“죄송해요, 저, 저기…… 전 이런 게 익숙하지 않아서……. 우선 심호흡 좀 해도 될까요?”

다시 사과하더니 후하, 하며 심호흡하는 마이마이 씨.

“후……. 이제 괜찮아진 것 같아요.”

그때 마침 주문한 음료도 나오고 마이마이 씨도 진짜로 진정되어서 음료를 마시면서 대화를 나누게 되었다.

“아, 저는 여학교 출신이라 성인이 되도록 남자와 별로 접촉할 기회가 없었어요……. 사실 매칭 앱을 통해서 이렇게 직접 남자와 만난 적도 거의 없어요. 거기다 원래 내성적이기도 하고……. 쓰, 쓸데없는 말이었다면 죄송해요.”

느닷없이 이런 고백을 하는 마이마이 씨.

아야세였다면 틀림없이 “그렇게 자신을 비하하면 안 돼요!”라고 말했을 것 같지만, 나는 오히려 귀엽다는 생각이 들 정도였다.

“쓸데없기는요. 저도 긴장했는걸요. 저도 이렇게 여성분과 대화를 나누는 게 익숙하지 않아서요.”

“저, 정말요? 다행이에요……. 거기다 슈 씨도 다정하신

분 같아서요."

"그, 그런가요?"

"네, 이렇게 잠깐 대화를 나누고도 알겠는걸요."

이렇게 말하고 마이마이 씨는 방긋 웃었다.

"전 메시지를 너무 많이 보내는 사람도 별로거든요……. 슈 씨는 문장도 정중하게 쓰시고, 이런 말 괜찮을지 모르겠지만, 사진도 상냥해 보였어요. 생각했던 대로예요."

"그래서 저한테 '좋아요!'를 눌러 주신 거군요?"

"허억! 그리고 이건 메시지에서도 썼던 것 같은데, 인스타 사진도 이미지랑 딱 맞게 아주 멋졌어요. 따뜻한 시도 쓰시고."

"가, 감사합니다!"

처음으로 시를 칭찬받았다! 아야세가 우울하다고 했던 시를 따뜻하다고 표현해 주다니!

"칭찬받은 것 같아서 기쁘네요. 마이마이 씨는 사진 좋아하세요?"

이렇게 묻자, 마이마이 씨는 조금 수줍은 투로 대답했다.

"네, 꽤 좋아해요. 처음에는 풍경만 찍었는데 점점 사람도 찍게 되었어요……. 아, 슈 씨의 프로필 사진, 꽤나 센스 있더라고요. 계속 묻고 싶었는데, 그 사진은 누가 찍어준 거예요?"

"그게 그러니까…… 친구라고 할 수 있는 사람이요."

"친구분이 정말 센스가 좋으세요! 슈 씨의 사진에서 뭔가 통하는 걸 느꼈어요……."

"하하하…… 제가 고른 거라 그럴까요?"

역시 사진을 좋아해서 그런가 보다. 전부 아야세가 찍은 사진이니 통하는 것이 있는 게 당연하다. 나는 웃음으로 얼버무렸다.

"마이마이 씨의 프로필 사진도 멋있던데요. 엄청 귀여운 사진이라고 생각해요."

그러자 마이마이 씨는 무척 기뻐했다.

"그렇죠! 저도 정말 좋아하는 사진이에요. 옛날에 파트너가 찍어 준 사진인데……."

"파트너요?"

아뿔싸 하는 표정을 짓는 마이마이 씨. 당황해서 변명하듯 말을 잇는다.

"아, 그러니까……. 그 파트너는 남자가 아니라 중학교 때 친했던 여자애예요. 저한테 재미있는 애니메이션 같은 걸 많이 알려 줬던 친구거든요……."

파트너── 여러 상황에서 쓰이는 말이지만, 이 상황에서는 '연인'을 지칭한다고 생각하는 게 자연스럽다. 적어도 친구를 그렇게 부르는 것보다는.

"으, 이렇게 변명하니 되려 이상하게 들리네요. 놀라실지도 모르지만, 슈 씨라면 진실을……."

진지한 표정으로 스마트폰을 보여주는 마이마이 씨.

그 손이 바들바들 떨리고 있었다.

'대체 뭐길래?'

나는 지금까지 별일을 다 겪었다. 매칭 앱에서 만난 얌전해 보이는 여자가 난데없이 난교 파티 사진을 보여주었던 트라우마도 있다.

그런 만큼 불안해하면서 그녀가 내민 스마트폰을 쳐다보았다.

"이건……."

거기에 있는 것은 나도 플레이하고 있는 인기 소셜 게임 《마리코레》, 즉 《마린콜렉션》의 캐릭터, '샤란'으로 분장한 여성의 사진이었다.

이른바 코스프레다.

"설마, 이 코스어가 마이마이 씨란 겁니까?"

나는 사진 속 여성과 눈앞의 여성을 번갈아 보면서 물었다. 그러자 마이마이 씨는 부끄러워하며 고개를 끄덕였다.

"……네. 저, 예요."

솔직히 놀랐다는 말밖에 할 말이 없었다. 이렇게 얌전해 보이는 마이마이 씨가 이렇게 밝은 표정으로 포즈를 취하고 있다니.

이거야말로 아야세가 말했던 '안경을 벗으면 미인'이라 놀라울 따름이다.

© Shiokoji

'뭐, 난교 파티에 비하면 놀랄 일도 아니지.'

그러고 보니 아야세는 마이마이 씨의 사진을 보고 "뭔가 나쁜 걸 숨기고 있다"고 말했었다. 만일 그 비밀이 코스프레라면 나쁘다고 하긴 어렵다.

"그리고 파트너란…… 이 사진을 봐주세요."

이어서 마이마이 씨가 내민 사진에는 마찬가지로 《마리코레》의 캐릭터인 '라라슈'의 코스프레를 한 여자가 샤란과 함께 서 있었다. 참고로 라라슈는 샤란의 친구라는 설정이다.

"여기 저랑 같이 찍혀 있는 이 사람인데, 라이스라는 코스프레 네임으로 저랑 같이 둘이 '마이마이라이스'라는 코스프레 동아리를 했었어요. 같이 롬(CD)도 팔았고요……."

즉 그래서 파트너라고 한 거구나.

"으, 만나자마자 이런 이야기를 늘어놓다니, 역시 이상하죠……?"

"아닙니다. 만난 건 처음이지만 메시지도 계속 주고받았고, 제가 게임이나 만화를 좋아한다는 것도 아시는데 상관없죠. 그리고 이 샤란 코스프레, 정말 귀여운데요."

나는 솔직하게 칭찬하기로 했다.

여자에게 귀엽다고 말하거나 칭찬할 때는 솔직하게 표현하는 것이 좋다고 아야세에게 단단히 배웠기 때문이다.

그리고 라이스 씨는 멋있는 타입이다.

아마추어인 내가 봐도 두 사람은 매우 밸런스가 좋아 보였다.

"가, 감사합니다. 그렇게 말씀해 주셔서 감사하지만, 귀엽다니……. 평소의 저와 갭이 너무 커서 놀라면 어쩌나 불안했어요."

"그렇지 않습니다."

조금 놀라긴 했지만, 여자의 변신에는 익숙하다. 저건 변장이지만, 따지고 보면 아야세도 늘 코스프레를 하는 거나 마찬가지다.

그리고 나도 선생님이지만 아마추어 오타쿠인 것이다.

코스프레를 하는 여성과 사귀는 것도 어떤 의미에서는 꿈 같은 일이다.

하카마다나 야나에게 이야기하면 분위기가 한껏 달아오를 것이 틀림없다.

"그런데 슈 씨도 대단하시네요. 샤란을 알아보시다니. 혹시 《마리코레》 하세요?"

"그러고 보니 그 이야기는 한 적이 없네요. 사실 그 게임도 하고…… 샤란이 최애입니다."

"정말요? 지금 플레이어 레벨은 어떻게 되세요?"

"52입니다만……."

"후훗♪ 이거 보세요."

스마트폰을 조작해 게임을 켜고 자랑스럽게 게임 화면

을 보여 주는 마이마이 시.

"전 55예요. 최고 레벨이에요. 참고로 샤란은 상한까지 돌파했답니다!"

참고로 홈 화면에 있는 것은 나와 마찬가지로 샤란이었다.

"마이마이 씨도 샤란을 좋아하시는군요."

"처음에는 SNS에 나오는 광고에서 샤란을 보고 귀여워서 좋아하게 된 건데, 이 캐릭터에 대해서 더 자세히 알고 싶어서 게임을 하다 보니 《마이코레》에 빠졌지 뭐예요……. 그래서 파트너까지 꼬셔서 아까 그 코스프레도 한 거고요."

헤헷하고 수줍게 웃는 마이마이 씨.

들을수록 나보다 찐이라는 말밖에 할 말이 없다.

패션 오타쿠 같은 것도 아니고 그냥 샤란 오타쿠다.

지금 샤란에 대해서 말할 때 말도 빨라졌었다.

그래서 궁금한 것도 있었다.

"그런데 그런 게임도 좋아하고 코스프레도 하면 인기가 많을 것 같은데."

외모도 귀엽고, 여성 오타쿠에다가 코스어.

남자 오타쿠가 보기에는 마치 꿈과도 같은 존재라 그만 물어보고 말았다.

악의는 없었지만, 마이마이 씨는 표정이 조금 어두워졌다.

"그렇지 않아요……. 저는요……."

마이마이 씨는 이렇게 말하고 자조적으로 웃었다.

"게다가 지금은 거의 코스프레를 그만둔 거나 마찬가지예요. 지금까지는 사진도 전부 파트너인 라이스가 찍어 줬는데 라이스한테 얼마 전에 남친이 생겨서…… 코스프레를 떠나 버렸거든요……. 전 남자랑 편하게 얘기하는 성격도 아니고, 혼자서 하기는 힘들어서……."

고개를 푹 숙이고 말하는 마이마이 씨.

확실히 아까 사진으로 볼 때 라이스 씨는 그런 방면으로 똑 부러지게 대응할 것 같은 인상이었다. 남장도 어울릴 것 같고, 분명 여성 팬도 많을 것이다. 이것이 라이스 씨의 사진을 보고 느낀 나의 솔직한 소감이다.

'그건 그렇고, 남친이라…….'

그리고 코스프레를 떠나 버렸다.

즉 파트너가 전 파트너가 되어 버린 것이다.

"제가 매칭 앱을 시작하게 된 계기도 그거예요……. 그동안 코스프레 행사에서 사귄 친구들과 주로 라이스가 소통했기 때문에 저는 어떻게 대하면 좋을지도 모르겠고, 그렇다고 이대로 있다가는 좋아하는 코스프레도 못 할 거고, 누구와 대화하는 것도 익숙하지 않고……. 그리고 오랫동안 라이스와 붙어 다니다 보니 매일 너무 외로워서……."

처음에는 여성과 연결되는 매칭 앱 서비스를 통해 새로운 코스프레 파트너를 찾으려고 했다고 한다.

"하지만 뭔가 아닌 것 같다는 생각이 들었어요……. 모두 좋은 사람이었지만 자꾸만 라이스와 비교하게 되더라고요…….”

후우…… 하고 마이마이 씨는 깊은 한숨을 내쉬었다.

아무래도 새 파트너 찾기는 실패로 끝난 모양이다.

“그렇다면 혼자서 코스프레를 할까, 아니면 남자친구를 만들어서 코스프레를 하자고 할까, 코스프레를 그만둘까, 별 생각을 다 했죠……. 하지만 역시 전 코스프레가 좋아요…… 아, 죄송해요. 처음 봤는데 너무 제 얘기만 했죠?”

“괜찮습니다. 그래서 TWINS를?”

“네……. 남자친구는 생기지 않더라도 만나서 데이트하다 보면 남자와 대화하는 게 편해지려나 하고……. 그러면 혼자서 코스프레를 하게 될 수 있을지도 모르니까요…….”

이런 여자가 왜 남자친구가 없나 했더니 그런 사정이 있었군.

나는 그제야 이해가 갔다.

“죄송해요, 이런 이유로 결혼 활동 어플인 TWINS를 이용하는 건 이상하죠? 제가 생각해도 이기적인 것 같아요……. 하지만 남성과의 만남을 주로 하는 앱에는 제가 싫어하는 강압적인 사람도 많아서……. 거기다 사실 언제까지 코스프레를 할 수 있는 것도 아니고, 부모님도 다 커서 뭐 하는 짓이냐는 둥 잔소리하시고, 연애나 겨, 결혼에도 관심이……! 앗, 죄송해요…… 너무 변명만 늘어놓아서…….”

사람과 대화하는 것이 서툴다는 것은 사실인 듯하다. 감정이 고조되면 속마음이 무방비로 술술 나온다. 그것은 반대로 숨기는 것이 없다는 뜻이므로 안심은 되지만 여러 가지로 걱정스럽기는 하다.

"감추는 것보다야 낫죠……. 그리고 저도 매칭 앱을 처음 시작했을 때는 이렇게 처음 여성과 만나서 긴장한 나머지 제대로 말도 못 한 걸요."

"그러시군요……. 하지만 이렇게 지금의 슈 씨를 만나게 돼서 다행이에요. 그래서 이런 얘기까지 할 수 있었던 것 같아요……. 하지만 역시 처음 만난 분 앞에서 말이 너무 많았죠? 아~……. 갑자기 창피해서 죽을 것 같아요."

"정말 신경 쓰지 마세요. 여러 이야기도 듣고 코스프레 사진도 보고 해서 마이마이 씨에게 더 관심이 생겼어요. 코스프레하신 모습도 직접 보고 싶어졌는걸요."

말을 뱉어 놓고 아차 싶었다. 강압적인 타입은 싫어한다고 했는데 너무 앞서갔다.

"――정말요?"

하지만 마이마이 씨는 상체를 앞으로 쑥 내밀었다.

눈이 반짝거리고 있었다.

"실은 가고 싶은 곳이 있어요!"

여전히 눈을 빛내면서 스마트폰을 조작하기 시작한 마이마이 씨.

마이마이 씨가 가고 싶다는 곳이 대체 어디일까?

"여기예요!"

마이마이 씨가 짠하고 스마트폰을 내밀어 보여준 것은 도심의 호텔에서 여름 행사로 열리는 나이트풀의 소개 페이지였다.

"실은 여기서 코스프레 행사가 열리고 있거든요. 코스프레 활동을 하면서 사귄 친구가 가서 거기서 찍은 사진을 SNS에 올렸는데 엄청 재미있어 보여요……. 이거! 이거 좀 보세요!"

마이마이 씨가 흥분을 감추지 못하며 이어서 보여준 것은 거의 수영복이라고 해도 좋을 정도로 노출이 많은 코스프레를 한 여성 코스어의 사진이었다. 수영장이니 이런 차림을 해도 문제는 없을 것 같다. 아니 오히려 어울릴 것 같다.

"마침 저도 이런 곳에서 하고 싶었던 코스프레가 있거든요……. 다음 주에도 이곳에서 코스프레 행사가 있는데, 혼자 참가하기는 무서워서 망설이고 있었어요. 그, 그러니까, 저기…… 괜찮으시면 같이 가지 않으실래요?"

수줍어하며 눈을 치켜뜨고 묻는 마이마이 씨. 매우 귀여운 부탁이지만, 이내 부끄러워졌는지 땀을 삐질삐질 흘리기 시작한다.

"아 그러니까, 갑자기 코스프레 행사에 가자고 하면 슈 씨가 부담스러워하실 수도 있고, 이런 곳에서 코스프레를 할 수도 있구나 싶은 장소에서 하는 게, 제 코스프레를 보여주기도 쉬울 것 같아서——."

마이마이 씨의 코스프레 복장에도 흥미가 있으니 거절할 이유가 없다.

"물론 같이 가고 싶습니다. 마이마이 씨만 괜찮으시다면요."

"저, 정말요? 가, 감사합니다! 싫다고 하시면 어쩌나 했어요~."

이렇게 해서 우리는 나이트풀 코스프레 행사에 같이 가기로 했다.

'마이마이 씨는 진심으로 코스프레를 좋아하는구나.'

나와 데이트할 수 있다는 것보다 코스프레를 할 수 있다는 것, 그 모습을 보여줄 수 있다는 것이 더 기쁜 것 같다. 연애랑은 좀 다른 것도 같지만, 오히려 친구에서 한 걸음씩 자연스럽게 관계가 발전하는 것 같아서 이건 이것대로 나쁘지 않았다.

게다가 그런 다음에는 내가 다음 파트너——그것도 이른바 일반적인 파트너, 연인이 될 가능성도 있을지 모르는 것이다.

그리고 데이트는 데이트다.

심지어 나이트풀에서 데이트라니, 이것만 보면 승리자

가 따로 없다.

다만, 여기서 해 보고 싶은 코스프레가 있다고 했는데, 대체 어떤 코스프레길래?

그것을 물어보았지만, 마이마이 씨는 장난스러운 웃음으로 넘겨 버렸다.

“그건 당일까지 비밀이에요♡”

“그럼 기대하고 있겠습니다.”

잔뜩 기대감을 주는 말에 설레기 시작했지만, 기대만 부푸는 것은 아니고 한편으로는 불안했다.

그 이유는 크게 두 가지였다.

첫째는 장소가 나이트풀이라는 것이다.

마이마이 씨는 내가 참가하기에는 코스프레 행사장보다 나을 거라고 말했지만, 솔직히 심리적 거리감으로 따지면 나이트풀이 더 멀게 느껴진다.

치안이 그리 좋은 이미지도 아니고, 과시하기 좋아하는 사람들이 모이는 소굴 같다는 이미지도 있기 때문이다. 코스프레 행사가 있는 날이라지만 고객층이 불안하긴 하다.

그리고 두 번째는.

“한 가지 묻고 싶은 게 있는데, 저는 코스프레 안 해도 되죠?”

4

““코스어?!””

시간은 되돌아가서 야나와 하카마다와의 술자리.

“잠깐, 그거 오타쿠들의 꿈이잖아.”

“어떤 여자인지 보여 줘봐.”

“그, 그건…….”

나는 하카마다의 요구에 망설였다.

“우리도 보여 줬잖아.”

“그러니까 보여줘. 아무한테도 말 안 할 테니까.”

하카마다에 이어서 야나까지 조른다.

두 사람이라면 믿을 수 있지만, 아직 여자친구도 아닌데 보여주는 것은 솔직히 말해서 너무 부끄럽다. 만일 사귀는 데 실패하면 평생 놀림감이 될 것이다.

“안 보여주면 오늘은 슈고가 쏘는 거다.”

“그런 억지가 어디 있어!”

“야나가 보여주기 쉽도록 너를 배려해서 하는 말이지 않냐. 그러니까 빼지 말고 보여줘.”

“빼긴 누가 뺀다고 그래…….”

하지만 하카마다의 말이 옳다.

이렇게 된 이상 어쩔 수 없다.

“조금만이야.”

사실은 보여주고 싶은 마음도 조금은 있었다.

마이마이 씨와 처음 만났던 날 이후로 나는 마이마이 씨가 라이스 씨와 둘이 했다는 '마이마이라이스'에 대해 조사해서 코스프레 사진을 잔뜩 본 것이다. 그리고 마음에 드는 몇 장을 스마트폰에 저장해 놓았다.

그중에서 마음에 드는 한 장을 두 사람에게 보여주기로 했다.

그들이 보고 싶어 하는 것도 코스프레 사진이라고 생각했기 때문이다.

““오오오오오오오.””

다시 두 사람이 동시에 말했다.

"이거 그거 아니야? 요즘 인기 있는 이세계 전생물 메이드 캐릭터."

"맞아. 그 인기 쌍둥이 중 한 명이지? 레무인가 하는."

하카마다의 말에 야나가 고개를 끄덕인다.

"굉장한걸. 엄청 잘 어울려."

나도 야나의 말에 동감한다. 분위기도 딱 어울리고, 한쪽 눈이 가려져 있는 것도 엄청나게 귀엽다. 바로 옆에서 시중을 드는 연하의 메이드 같은 느낌이다.

"꽤 어려 보이는 것도 네 취향 아니야? 거기다 나름 크기까지."

"맞아."

야나의 말에 동의하는 하카마다.

샤란 코스프레 때도 생각했지만, 확실히 매우 부드러울 것 같은 풍만함이 느껴진다.

노출이 많은 이번 나이트풀이 기대될 정도이다.

"제길, 왠지 부러워졌어. 보지 말걸."

"아직 사귀는 것도 아닌데 뭐."

나는 하카마다의 말에 반박했다.

그러나 두 사람의 반응이 너무 좋아서 살짝 우월감을 느꼈다.

만일 여자친구가 된다면 이 우월감을 더 강하게 느낄 텐데.

'마이마이 씨는 나이트풀 행사에서도 엄청 눈에 띄겠지……?'

거기서도 상당한 우월감을 느낄 수 있을지도 모른다.

다른 남성들로부터 보호하는 것도 큰일이겠지만…….

"그런데 조심해라."

"뭘?"

"코스어나 성우는 반드시 뭔가 숨기는 게 있다잖아. 그거 말이야."

"뭐야, 그게?"

하카마다가 갑자기 아야세랑 비슷한 말을 하길래 나도 모르게 눈이 가늘어졌다.

"너 코스어랑 만난 적 있냐?"

혹시 매칭 앱에서 매칭이 되고 나서 무슨 일이 있었나 싶어서 물어보았다.

그렇다면 뭔가 조언을 얻을 수 있을지도 모른다고 생각한 것도 있었다.

"아니, 없어. 그냥 오타쿠로서 질투가 좀 나서. 왜 취미가 비슷하면 사소한 일로 쉽게 싸우고 그러잖아."

"뭐야 그게……."

무슨 말을 하고 싶은 건지 모르는 바는 아니지만, 솔직히 실망스러웠다.

그러나 사람들 앞에 나서기 좋아하는 사람은 인정욕구가 강하다, 정신이 불안한 사람이 많다, 노는 사람도 많다 하는 이야기는 인터넷에서 자주 볼 수 있고, 취미가 비슷한 사람일수록 사소한 일로 싸운다는 것도 비슷하게 흔히 볼 수 있는 경우다.

"아무튼 잘 되길 빈다. 잘하면 1년 이내에 연달아서 우리 셋이 결혼식이나 피로연을 열게 될지도? 우리의 공통 지인들은 큰일 났구나."

껄껄 웃는 야나――.

아니, 하카마다까지 승자 두 사람.

우리의 결혼식에 부를 공통 지인이라고 해 봤자 몇 명 안 되지만.

'결혼식이라…….'

하카마다는 지금 그 날짜를 정하는 중이라고 하니 현실적인 이야기지만, 나로서는 상상도 가지 않았다.

애초에 결혼식은 어떤 규모로 하는 걸까?

피로연의 2차 모임에는 참석한 적이 있지만, 결혼식 자체는 친척 결혼식 때 딱 한 번 참석한 경험밖에 없어서 비교할 수가 없다.

상대의 집안 사정에 따라서도 달라지겠지만, 정말로 전혀 모르겠다.

결혼식도 교회에서 할까, 아니면 신사에서 할까?

가끔 꿈꾸는 것은 교회이지만——.

'하긴 마이마이 씨는 웨딩드레스건 전통 혼례복이건 둘 다 어울릴 거야.'

문득 그 모습을 상상해 버린다.

그러자 갑자기 확 현실처럼 느껴져서, 앞으로 잘해서 그런 미래에 당도할 수 있도록 나이트풀 데이트에 최선을 다하자는 생각이 드는 것이었다.

5

"나이트풀?!"

놀라서 소리를 지르는 기다란 흑발 모습의 아야세.

집에서 아야세가 만들어 준 저녁을 같이 먹고 있을 때

였다.

메뉴는 여름답게 차가운 탄탄면이다.

그건 그렇고, 여자들은 어째서 매운 걸 좋아하는 걸까?

늘 자극을 추구하기 때문일까?

여자가 남자보다 고통에 더 강하다고 하지만 식사까지 그럴 필요는 없을 것 같은데, 하고 매운 면을 좋아하는 어머니나 학교의 여교사들을 생각하면서, 나한테는 아야세가 만들어 준 차가운 탄탄면이 너무 매워서 달걀노른자를 면에 풀어서 섞은 직후의 일이다.

참고로 아야세는 그대로가 딱 좋은 모양이다.

아무튼 마이마이 씨와 처음 만났을 때의 일이 화제에 올랐다.

그래서 내가 이번 나이트풀에서 데이트하게 되었다고 보고한 것이다.

"좋겠다. 너무 부러워요! 나도 나이트풀은 한 번도 안 가 봤는데, 가 보고 싶다!"

"미성년자가 갈 곳이 못 돼."

"헐?"

무슨 소리냐는 표정을 짓는 아야세.

"설마 쌤, 나이트풀이 야한 곳이라고 생각해요? 도대체 어떤 곳이라고 생각하는 거예요?"

"아니 야한 곳이랄까, 위험하달까……."

내가 상상하는 나이트풀은 사방팔방이 게이밍 장비처럼 형형색색으로 빛나는 수영장이다.

둥둥둥, 심장 박동처럼 울리는 베이스 드럼.

빨갛고 세련된 비츠 헤드폰을 낀 DJ가 틀어 주는 EDM이 울려 퍼지는 가운데 파티피플들이 환호성을 지르면서 춤을 추고, 리듬을 타고, 두 손으로 하트를 만들어 스마트폰 카메라에 대고 어필도 하고, 원나잇을 즐기러 온 양아치들도 많은, 아무튼 치안이 별로 좋지 않은 이미지이다.

아야세에게 그렇게 설명하자 아야세는 어이가 없다는 듯이 눈을 게슴츠레하게 뜨고 이렇게 말했다.

"역시 쌤이네요. 만화나 애니메이션에서 강조하는 나이트클럽 같은 이미지가 너무 강한 거 아니에요? 그냥 수상한 약을 하거나 야한 짓을 하는 이미지밖에 없잖아요."

"현실은 달라?"

"음, LED 조명이나 EDM을 틀어 주는 곳도 없진 않겠지만, 친구들한테 들은 바로는 남국의 분위기랄까……. 술이나 음식도 그런 이미지래요. 장소에 따라서는 일반적인 호텔에 있는 수영장의 나이트 버전인 곳도 있고……. 호텔의 일반 투숙객도 있고, 중학생도 부모 동반이면 입장할 수 있어서 우리 반에서도 오빠랑 같이 갔었다는 애도 있어요……. 음, 사진이 어디 있을 텐데."

스마트폰을 만지기 시작하는 아야세.

"여기 있다. 여기 이거요."

아야세가 내민 스마트폰에 있는 것은 머리를 갈색이나 금색으로 물들인 선탠 근육남들, 소위 말하는 잘 놀게 생긴 남자 대학생 4명에게 둘러싸인 우리 반 여학생 둘이었다.

"이 구도, 괜찮은 거 맞아?"

정말 잘 놀게 생긴 남자들이다.

"외모로 사람을 판단하면 안 돼요. 전 4명 다 만나 본 적이 있는데 다 좋은 사람들이었어요. 4명 중에 오카자키의 친오빠도 있어요……. 아 그래, 좋은 생각이 났어요!"

"좋은 생각이라니……?"

이 말에 나는 흠칫 놀랐다. 아야세가 '좋은 생각'이라고 하는 것은 대부분 나에겐 별로 볼일이 없는 일이기 때문이다.

"쌤, 예행연습 해요. 같이 나이트풀 가요!"

제 2 장 > 나이트풀 02

『다양성은 인생의 양념이다.』

-윌리엄 쿠퍼

1

"나이트풀이다아아아!"

"와아아아아아!"

눈앞에는 두 팔을 번쩍 쳐들고 돌진하는 수영복 차림의 두 학생이 있다.

우리 반의 아야세와 우자키이다.

"둘 다 위험하니까 풀 사이드에서는 뛰지 마~. 다이빙도 하지 말고~."

이렇게 말한 것은 내 옆에 서 있는 동료.

체육 교사인 카토 선생이다.

목소리마저 체육 교사 그 자체다.

그건 그렇고, 어쩌다 이렇게 된 것인가?

며칠 전 일이다.

"아 그래, 좋은 생각이 났어요!"

아야세가 이렇게 말한 것이 시작이었다.

"쌤, 예행 연습해요. 같이 나이트풀 가요!"

"말도 안 되는 소리 하지 마."

단둘이 나이트풀이라니.

자칫 들키는 날에는 일이 커질 것이다.

나는 그렇게 솔직하게 말했다.

"음~, 하지만 쌤만 데이트하러 가는 건 마음에 안 드는데. 취재 겸 먼저 레나치하고 같이 갔다 올까——. 아 그래! 좋은 생각이 또 났어요!"

헤헤 웃는 아야세.

"레나치를 위해서라도 협조해 주세요! 다쳤을 때 간호도 해 줬는데!"

× × ×

그리고 다음 날 점심.

편의점에서 산 토로로 소바로 식사를 마쳤을 때였다.

카토 선생이 다가와서 내 귀에다 대고 이렇게 속삭였다.

"저, 키자키 선생님……. 잠깐 시간 괜찮으세요?"

'왔다……!'

전날 아야세가 세운 계획—— 그것은 카토 선생님까지 껴서 나, 아야세, 우자키 이렇게 넷이 나이트풀에 가자는 것이었다.

"말하자면 더블데이트죠!"

아야세가 양손으로 V를 그리면서 말했다. 친척인 카토 선생님을 좋아하는 우자키에게는 나쁜 제안이 아닐 것이다.

'우자키한테는 도움을 많이 받았으니까.'

어차피 아야세도 포기할 것 같지 않고, 무엇보다도 아야세와 단둘이 가는 것보다는 낫다는 생각에 나는 그 제안에 동의하기로 한 것이다.

"괜찮습니다."

나는 이렇게 대답한 뒤 쓰레기를 들고 일어났다.

키라라자카 선생님을 비롯한 다른 시선들이 대체 둘이 어디를 가는 걸까 하는 눈으로, 나란히 교무실을 나가는 우리를 멀찍이 지켜보았다.

× × ×

교무실 출입문에서 가까운 곳에 쓰레기를 버린 뒤, 카토 선생님과 함께 이동한 곳은 교무실 옆 회의실이었다. 카토 선생님은 단둘이 되자 헛기침을 한 번 한 후 말을 꺼냈다.

"저기 그게……. 실은 키자키 선생님 반의 우자키 레이나 말인데요."

"아, 카토 선생님과 사촌지간이죠?"

"아, 네. 그래서 그 레나짱…… 아니, 레나…… 아니, 아무튼 그, 어젯밤 제 집에 뭘 가져다주러 와서는 어떤 이야기를 들려줬다고 해야 하나, 보여줬다고 해야 하나…… 아무튼 이것 좀 보세요."

그 말에 이어서 보여준 것은 카토 선생님의 스마트폰 화면이었다.

거기에는 아야세가 나에게 보여줬었던 잘 놀게 생긴 대학생들과 함께 찍혀 있는 우리 반 학생들의 사진이 표시되어 있었다.

"전 잘 몰랐는데, 여기가 나이트풀이라는 곳이래요……. 요즘은 고등학생들도 이런 곳에 많이 온다는데, 왠지 위험해 보이지 않아요?!"

"듣고 보니 좀 위험해 보이기는 하네요."

"그렇죠?! 그런데 레나가 거기에 친구랑 같이 가고 싶다고 하길래, 위험하지 않겠느냐고 했더니 친구가 안전하다고 했고, 위험하다고 생각되면 보디가드 대신 따라와서 보면 되지 않느냐고 하는 거예요……."

아야세로부터 작전대로 진행되고 있다고 들었는데, 카토 선생님의 말을 들어 보니 정말 잘 진행되고 있는 모양이다.

"거기다 그 친구란 아이가, 들어 보니까 키자키 선생님의 사촌이라고 하더군요."

"아, 사쿠라요? 우자키랑 친한가 보더라고요. 저도 말로는 들었습니다."

"네, 사쿠라! 알고 계시는군요! 그랬더니 레나가 아예 키자키 선생님까지 껴서 넷이 가자고 하더라고요. 교사가 두 명이나 따라가면 부모님들도 안심할 거라나……. 키자키 선생님은 어떻게 생각하세요?"

참고로 당연히 학교의 아야세와 별개의 인물로 설정할 예정이긴 하지만, 사쿠라라는 이름을 그대로 쓴 것은 다른 이름으로 했다가 나나 우자키가 실수로 잘못 부르면 의심을 살지도 모른다고 아야세가 불안해했기 때문이다. 차라리 사쿠라라는 이름을 쓰는 것이 의심받지 않으리라는 것이다.

"보면 카토 쌤도 둔감한 것 같고, 일단 저부터 못 알아들을 것 같아요. 레나치도 그렇게 말했어요"——그런 이유로, 좀 심한 말이지만, 나도 솔직히 동감했기 때문에 아야세의 제안에 따르기로 한 것이다.

"전 사쿠라만 좋다면 같이 가도 상관없어요."

"그래요?! 레나 말로는 벌써 허락도 받았다고 하더라고요. 그러면 날짜는 언제로 할까요? 애들은 언제든 상관없다고 하던데……."

"카토 선생님은 운동부 훈련 때문에 바쁘시잖아요. 전 언제든 괜찮으니까, 제가 맞추도록 하죠."

"그러면 모레는 어떠세요? 내일이 시합이라 모레는 연습이 없어서 마침 시간이 되네요."

"그래도 괜찮으시면 그렇게 하시죠. 두 사람에게도 확인해 주시고요."

그리하여 이렇게 성공리에 작전대로 나와 카토 선생님, 그리고 아야세(변장한 모습으로)와 우리 반 학생인 레나치, 즉 우자키 레나 이렇게 4명이 나이트풀에 가기로 했다.

2

"여기가 나이트풀이구나."

노을 진 하늘 아래, 눈앞에서 야자나무가 흔들린다.

마치 남국의 리조트 같은 장소에서 나와 카토 선생님은 수영복 차림으로 서 있었다.

"시내에 이런 곳이 다 있군요."

이렇게 중얼거린 것은 옆에 서 있는 카토 선생님이었다.

나도 동감한다.

도시 중심부, 고급 호텔 안에 있으니, 도시의 오아시스 그 자체다.

현재 입장해 있는 고객층도 정말 리조트 같은 느낌이다.

아직 시간이 일러서 그런지 화기애애하게 놀고 있는 중상류층 가족이 많았다.

그런 만큼 내가 상상했던 나이트풀의 이미지와는 조금 다른 상태이다.

SR급 시민 풀.

고급진 시민 풀 같은 느낌이다.

'몸 좋네…….'

옆에 있는 카토 선생님을 보고 새삼 생각한다.

역시 체육 선생님이다.

체격도 좋고 복근도 있다.

팔뚝도 굵고, 피부도 그을어 있었다.

내가 그것을 칭찬하자 이런 대답이 돌아왔다.

"퇴근 후에 헬스장에도 다니고 있고, 프로틴도 마시거든요. 몸에는 자신이 있지요."

하하하 웃으면서, 그렇게 대답할 만하다 하는 말밖에 할 말이 없다. 반면 나는 근육은 찾아볼 수도 없고, 몸도 물렁물렁하다.

'나도 헬스장이나 다닐까.'

선생님이 된 이후로 외식도 늘어나서 살짝 군살이 붙었는데 가볍게 근육을 키워서 탄탄한 몸을 만들어야 인기가 생기지 않을까 생각하면서 풀에 있는 다른 남자들의 몸매를 구경했다.

"나이트풀이다아아아!"

"와아아아아아!"

그때 두 명의 소녀가 괴성을 지르면서 달려왔다.

둘 다 내 제자이다. 카토 선생님 앞에서는 아야세는 다른 학교에 다니는 사촌으로 되어 있지만…….

"어때요? 우리 수영복♡"

"유지 오빠, 어때? 내 수영복, 잘 어울려?"

그 말에 카토 선생님과 함께 다시 두 사람의 수영복 차림을 감상한다.

소녀 모드의 아야세와 우자키.

매우 귀엽지만—— 학교에서 입는 수영복하고 다르게 젊고 건강한 피부가 많이 노출되어 살짝 부끄러워진다.

둘 다 귀여운 배꼽까지 내놓고 있다.

옆을 보니 카토 선생님도 얼굴이 새빨개져 있었다.

우자키가 그런 카토 선생님에게 다가갔다.

"유지 오빠~, 여전히 대단한 근육인데! 매달릴 수도 있겠어."

"""?!"""

직후, 나와 아야세는 깜짝 놀랐다.

카토 선생님의 팔에 우자키가 매달렸기 때문이다.

"어렸을 때 자주 이랬었어. 지금도 끄떡없네!"

"그, 그래? ……즐거워 보여서 다행이네."

"응♡"

우자키의 행동이 너무 어린애 같아서인지 다소 흠칫하는 아야세에게 그렇게 대답한 후, 순간 우리에게 장난스러운 웃음을 보이는 우자키.

© Shiokoji

그런데 그 얼굴은 빨갛게 물들어 있었다——.

'한번 해 보고 싶었던 것 같지만, 부끄러우면 안 하면 될 것을…….'

참고로 카토 선생님도 얼굴을 빨갛게 물들인 채 어쩔 줄 몰라 하고 있었다.

"레나…… 좀 떨어져 줄래? 지금 네 모양이 어떤지 생각 좀 해."

직접 피부가 닿아 있고, 가슴도 팔에 닿아 있다는 뜻이리라.

"하하하, 미안미안. 그럼 수영장에서 놀까?"

우자키는 카토 선생님의 팔에서 떨어져서 낼름 혀를 내밀고 작게 중얼거렸다.

"나도 여자라는 걸 의식시켜 주려고 했을 뿐이니까. 성공성공♪"

기의 책사다. 선제공격은 틀림없이 성공이다.

그리고 우리 4명은 수영장에서 놀았다.

이렇게 수영장에 온 게 연수나 수업을 제외하고 얼마 만이지?

어쩌면 고등학교 졸업 이후일지도 모른다고 생각하고 있는데 느닷없이 아야세가 나를 향해 물을 튀겼다.

"슈 오빠!"

"으악?!"

"뭘 그렇게 멍하고 있어?"

나를 향해 눈을 흘기면서 비치볼을 들고 있는 아야세.

나는 카토 선생님, 우자키와 함께 그 비치볼을 가지고 놀았다.

역시 이렇게 수영장에서 노는 것은 고등학생 이후로 처음이다.

살짝 청춘을 느꼈다――.

그리고 얼마쯤 놀았을 때.

"배고파~."

아야세의 한마디에 우리는 풀 사이드로 올라가 잠시 쉬었다.

이미 주위는 캄캄해지고 조명도 모두 켜졌다. 디제잉도 시작되었다. 그렇게 제법 나이트풀의 분위기가 조성되어 가는 가운데 나는 문득 이성을 차렸다.

'아차, 지금 놀러 온 게 아니지.'

나는 시찰을 하러 온 거지, 하면서 주변 상황을 확인한다. 파티피플이 늘어났지만, 치안이 그렇게 나쁘다는 느낌은 없다. 아이들끼리 온 그룹도 보일 정도이다.

"배고픈데 먹을 거 사러 갈래?"

우자키가 누워 있던 비치 베드에서 상체를 일으키고 옆에 누운 아야세에게 이렇게 말했다.

놀다 보니 배가 고파진 것은 나도 마찬가지였다.

아야세도 비치 베드에서 상체를 일으켰다.

"그러자. 일단 뭐가 있는지 돌아보자~. 쌤들은 어떻게 할래요?"

"우리도 같이 갈까요?"

아야세의 말에 카토 선생님이 나에게 물었다.

그리고 이어서 내 귀에 대고 이렇게 말했다.

"애들 밥값 정도는 내줘야죠."

"아, 그러네요."

이런 면은 운동부답다고나 할까, 나보다 더 어른스럽다고 할까—— 남자답다. 나는 카토 선생님이 조금 존경스러워졌다.

우리는 나란히 음식 코너를 찾아갔지만, 아야세와 우자키는 이것저것 구경만 할 뿐 무엇을 먹을지 좀처럼 정하지 못했다. 볶음면으로 할지 타코라이스나 타코 등 남국의 음식으로 할지 등등 갈팡질팡하고 있다. 그런 두 사람이 여기저기 기웃대는 모습을 나와 카토 선생님이 어이없는 눈으로 지켜보고 있을 때, 어떤 여성의 목소리가 들렸다.

"어……?"

그 목소리에 반응해서 시선을 돌린 나도 "어……?" 하고 놀랐다.

그리고 시선이 마주치자마자 서로 얼어붙어 버렸다.

이어서 카토 선생님도 알아봤는지 "어?" 하고 내 옆에서 얼어붙었다.

그러나 그것도 잠시.

곧 얼음이 풀린 것은 카토 선생님의 얼굴에서 발산되는 열기 때문일지도 모른다.

"키, 키키키키, 키라라자카 선생니이이임?!"

눈앞에 서 있는 수영복 차림의 키라라자카 선생님을 보고 소리를 지르는 카토 선생님.

별로 노출이 없는 수영복이지만 키라라자카 선생님의 가슴은 존재감을 뽐내고 있었다.

자꾸만 그리로 시선이 쏠린다.

"Give me a moment. They are may colleagues."

나는 키라라자카 선생님이 영어로 그렇게 말한 상대를 보고 충격을 받았다. 조금 떨어진 곳에 있는 흑인 남성인데, 마치 럭비 선수 같은 몸을 하고 있었기 때문이다.

'저 사람, 뭐야……?'

한눈에 봐도 카토 선생님보다 키도 크고 몸도 근육질이다.

"아, 저기, 저분은……."

"같이 이 수영장에 온 사람이에요……."

"네?!"

자기가 묻고 충격을 받더니 다시 굳어 버리는 카토 선생님.

즉 남자친구?! 라고 생각한 걸까?

'저렇게 미해병대 같은 사람이 남자친구라면 제아무리 체육 교사라도 상대가 안 되지…….'

카토 선생님이 가장 자신 있는 분야로도 승산이 없다.

나까지 덩달아 당황하고 있는데, 키라라자카 선생님이 물었다.

"아, 두 분이 왜 여기에?"

"아, 저, 그게……."

하얗게 질려 있는 카토 선생님 대신에 내가 대답하려고 했을 때였다.

"유지 오빠!"

우자키의 목소리가 울려 퍼졌다.

"나 저기 코코넛 젤리가 들어간 파인주스……."

직후, 우리 뒤에 있던 키라라자카 선생님과 우자키의 시선이 부딪쳤다.

그 뒤에는 아야세도 있었다.

"왜 키라링이……."

"2학년 B반 우자키? 카토 선생님의 친척이라는……."

키라라자카 선생님이 이렇게 말하고 카토 선생님에게 시선을 돌린다.

"아, 네. 나이트풀에 가고 싶다길래 보호자 겸……."

하하하 웃으며 얼버무리려는 카토 선생님.

이어서 키라라자카 선생님은 아야세에게 시선을 돌렸다.

"너는……?"

키라라자카 선생님의 질문에 아야세가 눈을 피하고 머리카락을 만지작거리면서 대답한다.

"……사쿠라라고 해요. 슈 오빠의 사촌이에요……."

"슈 오빠? 아, 키자키 선생님 말이구나!"

"네, 그렇습니다."

키라라자카 선생님은 이렇게 대답한 나를 한번 본 후, 다시 아야세의 얼굴을 빤히 들여다보았다.

"왜 그러세요?"

안 닮았다고 의심받을 것 같았나 보다.

눈을 똑바로 뜨고 도리어 키라라자카 선생님을 노려보는 아야세.

나는 왠지 분위기가 험악해질 것 같아서 황급히 둘 사이에 끼어들었다.

"아, 저, 그게…… 저랑 안 닮았죠? 저도 깜짝 놀란답니다, 하하하하……."

"그런 게 아니라…… 아, 미안해요. 단지 참 예쁘게 생겼다 싶어서 쳐다봤어요."

"……사과할 거 없어요."

다시 시선을 피하는 아야세. 연적인 우자키라면 모르겠지만, 어째서 아야세가 키라라자카 선생님한테 반항적으로 구는 걸까?

혹시 키라라자카 선생님의 가슴이 너무 커서 그런가?

'헉. 내가 지금 어딜 보고 있는 거야.'

내 시선은 완전히 키라라자카 선생님의 가슴에 꽂혀 있었다.

"그런데 키라라자카 선생님은 왜 이런 곳에 계세요?"

이렇게 물은 것은 내가 아니라 카토 선생님이다.

"대학 때 소속되어 있던 국제 교류 동아리를 도와주러 왔어요. 인솔이나 통역을 맡을 일본인이 부족하다고 해서."

즉 외국에서 유학 온 학생들을 돕고 있는 모양이다.

키라라자카 선생님이 시선을 향한 곳에는 금발의 백인과 흑인 등 영어로 대화하고 있는 아이들이 있었다.

"그러시군요. 즉 아까 뭐라고 말씀하셨던 남자는."

"미국의 엘레멘터리 스쿨…… 우리나라로 치면 초등학교 선생님이세요."

그때 아이들의 목소리가 들려 왔다.

키라라자카 선생님을 부르고 있었다.

"죄송해요. 아이들한테 가 봐야겠어요. 그럼 내일 봬요. 이 일은…… 문제는 없을 거라고 생각하지만, 학교에는 서로 비밀로 해요♡"

얼굴 앞에 검지를 세우고 이렇게 말하고는 아이들에게 돌아가는 키라라자카 선생님.

아이들이 껴안으면서 반기는 모습으로 보아 꽤나 인기

가 많다는 것을 알 수 있다. 카토 선생님이 그런 키라라자카 선생님을 보면서 중얼거렸다.

"멋져……."

"모성이 넘치시네요……."

못마땅하게 웃으면서 이렇게 중얼거린 것은 아야세였다.

이어서 아야세가 귓속말한다.

"쌤도 결국 저런 타입이 좋죠? 계속 가슴만 쳐다보던데."

"아야야야!"

볼을 꽉 꼬집혔다.

"아까부터 엄청 노골적이었다고요."

"어쩔 수 없잖아, 저건!"

"어쩔 수 없긴, 뭐가 어쩔 수 없어요!"

아까부터 왠지 아야세가 화난 것처럼 굴었던 것은 그것이 원인이었던 모양이다.

"그런데 어쩌죠? 좋아한다고 해도 친구 앞에서 응원해 줄 수는 없을 것 같은데."

"음~ ……안 그래도 돼. 카토 선생님도 있는데."

가슴은 둘째치더라도 키라라자카 선생님의 강한 모성애를 좋아하느냐고 묻는다면, 조금 미묘하다.

아기처럼 굴면서 놀 거면 또 모를까, 나와 연애하는 모습은 상상이 잘 가지 않기 때문이다.

그녀가 가지고 있는 것은 '사랑'이라기보다는 '박애', 어떤 의미에서는 아가페. 인간에 대한 신의 '사랑'에 가까운 것 같다는 생각까지 든다.

굳이 말하자면 마리아랄까?

"정말 멋져요, 키라라자카 선생님."

그런 나와는 달리 카토 선생님은 넋을 잃은 것처럼 심취한 눈빛을 보내고 있었다.

홀딱 빠진 남자의 얼굴이다.

"으으으……."

그런 카토 선생님을 보고 욱하는 우자키.

왠지 우자키를 응원하고 싶어진다.

정말로, 진심으로.

3

키라라자카 선생님과 만난 뒤에도 아야세, 우자키, 카토 선생님 이렇게 우리 넷은 수영장에서 계속 놀았다. 20시가 지나자, 퇴근하고 온 듯한 젊은 남녀 손님도 꽤 늘어나서 풀 사이드가 붐비기 시작했다.

DJ가 틀어 주는 음악에 맞춰 춤을 추는 사람들도 있어서 제법 나이트풀의 분위기를 풍겼지만, 확실히 아야세와 우자키의 말대로 치안은 그리 나쁘지 않았고, 우리 학교 학생들도 보이지 않았다.

나의 수확은 마이마이 씨와의 데이트에 대비한 성공적인 예행연습이 되었다는 것 정도이다.

참고로 우자키는 한껏 신이 나서 인스타에 올릴 음료수도 찍고, 셀카도 찍고, 아야세와 같이도 찍는 등 사진을 마구 찍어댔다.

그리고 나는 지금 나중에 업로드할 사진을 확인하는 중이다.

나이트풀에 다녀온 다음 날 밤.

나이트풀 반성회라고 하면서 내 집에 쳐들어온 아야세가 만들어 준 중화냉면을 먹은 후의 일이다.

'좋아! 나랑 카토 선생님은 어디에도 안 찍혔어.'

그렇다면 특별히 문제 될 것 없다.

참고로 사진 중에는 풀 위에서 튜브를 타고 한 손에 음료수를 든 채로 찍힌 아야세의 모습도 있었다. 내가 그것을 보고 있는데 아야세가 뒤에서 껴안으면서 말을 건다.

"아, 쌤, 그거 저장해 놓으세요. 폰 배경화면으로 쓰셔도 돼요."

아야세는 주방에서 설거지하고 난 후였다.

"이걸 어떻게 써. 그리고 좀 떨어져."

다른 사람이 볼 수도 있는 배경화면을, 누가 학생 사진으로 한단 말인가.

학교에서 다른 선생님이나 학생들이 본다면 큰일이다.

“치이, 어차피 그 모습은 아무도 저인 줄 모르니까 문제 없잖아요.”

확실히 머리 색도 다르고 분위기도 완전히 다르니 그리 쉽게 눈치채지는 못할 것이다. 키라라자카 선생님도 못 알아봤을 정도이니 말이다.

‘아무리 그래도…….’

아야세의 얼굴을 빤히 쳐다보았을 때, 그리고 서로 비밀이라고 말했을 때 내 눈을 봤던 것 같다. 설마 눈치챈 건가?

‘서로 비밀로 하자고 했으니까 괜찮겠지…….’

확인할 길도 없으니 이 일은 잊어버리기로 하자.

그보다.

“그렇다고 해도 안 해.”

내 배경화면은 아직 디폴트 상태이다.

여자친구가 생겨도 야나처럼 배경화면으로 하는 것은 성격상 못 할 것 같다.

나는 그런 사람인 것이다.

“그래도 좋은 예행연습이 됐죠? 저희도 즐거웠어요.”

“응, 뭐.”

그렇긴 하지만 한 가지 걸리는 게 있다.

돌아가는 길에 슬쩍 보였던 한 여성의 모습이다.

‘그건 역시…….’

나는 나이트풀에서 있었던 일을 떠올린다.

여대생을 갓 지난 나이로 보이는 수영복 차림의 여성 3인조에게 비슷한 나이로 보이는 수영복 차림의 남성 3인조가 말을 걸고 있었다.

눈을 씻고 봐도 그 여성 중 한 사람은 사가라였다.

순간 시선도 마주쳤고, 틀림없다.

하지만 나는 얼른 시선을 피해 버렸다.

왠지는 모른다.

아야세에게 뭘 멍하고 있냐고 한 소리 듣기도 했지만, 왠지 들켜선 안 될 것을 들킨 기분도 들었고, 봐선 안 될 것을 본 것 같은 기분도 들었기 때문이다.

나 자신도 그렇게 생각하는 이유를 알 수 없지만——.

"쌤, 뭘 그렇게 멍하고 있어요?"

아야세에게 볼을 꼬집히고 말았다.

"자, 반성회 시작! 먼저 카토 쌤도 그렇지만, 두 사람 다 너무 빨리 걸어요! 데이트할 때는 여성한테 보조를 맞춰서 걸으세요! 쌤은 몇 번 말해도 고치질 않는다니까. 그리고 다른 여자의 가슴을 너무 노골적으로 보지 마세요!"

그렇게 아야세는 평소처럼 나를 지도하기 시작했다.

× × ×

'그때 슈가 왜 시선을 피한 걸까?'

나이트풀에 다녀오고 며칠 후, 어느 날 밤.

나, 사가라 미유는 침대에서 뒹굴대면서 그런 것을 생각하고 있었다.

지난번에 나이트풀에서 우연히 본 중학교 동창이자 전 남친의 모습.

그는 다른 사람들과 같이 있었는데, 그중에는 나도 아는 여자—— 슈를 따라다니는 여학생도 있었다.

그런 만큼 '이런 곳에서 걔랑 뭐 하는 거야?'라는 어이없는 시선으로 슈를 쳐다보게 되었기 때문일까?

시선이 부딪치기가 무섭게 슈가 시선을 피해 버린 것 같다.

'절대 나를 못 알아봤을 리가 없는데.'

물어보면 그만인 문제이지만, 내가 먼저 연락하는 것은 왠지 자존심이 상했다.

눈이 맞았으니 슈가 먼저 연락해도 좋지 않나 하는 생각이 든다.

그렇다면 나도 제대로 대답해 줄 텐데.

'하지만 잠시 시간을 갖자고 한 건 나잖아…….'

어쩌지?

내가 먼저 연락해도 될까?

"……귀찮아……."

나도 알고 있다.

하지만 그게 나다.

이런 나를 바꿀 수 있을 것 같지 않다.

그러니까――.

'슈도 안 바뀌겠지.'

이것도 알고 있다.

그러니까 우리가 이대로인 것이다.

어느 한쪽이 바뀌지 않는 한, 신의 기적이라는 선물도 이용하지 못하는 것이다.

4

그리고 찾아온 마이마이 씨와의 데이트 날.

"안녕하세요……."

"안녕하세요."

저녁 5시, 역에서 만난 우리는 나이트풀이 있는 호텔을 향해 걷기 시작했다.

안에는 코스프레 의상이 들어 있을 것이다.

마이마이 씨는 캐리어를 끌고 있다.

"들어드릴까요?"

"감사해요. 하지만 이 정도는 혼자서도 괜찮아요. 끌고 가면 되니까요."

호텔은 역 앞에 있다. 3분 정도의 거리이지만, 가만히 생각해 보면 두 남녀가 호텔로 향하는 상황이다.

러브호텔도 아니고, 방을 빌리는 것도 아니다. 그런데도 심장이 두근두근하는 것은 동정이기 때문일까?

참고로 호텔에 도착해서도 프론트에는 가지도 않았다.

사전에 인터넷으로 티켓을 구매해 놓았기 때문에 바로 풀장의 접수처로 향했다.

거기서 우리 둘은 접수를 마쳤다.

"그럼 이따 봐요."

이렇게 말하고 탈의실로 사라지는 마이마이 씨.

도대체 어떤 코스프레일까?

아직 어떤 걸 하겠다는 말을 듣지 못했기 때문에 진심으로 기대되었다.

× × ×

물론 나는 코스프레를 하지 않는다.

그냥 일반 손님이다.

코스프레 행사일이라고는 하지만, 일반 손님도 많이 있는지 전혀 문제 되지 않는 것 같다(참고로 입장료는 코스프레를 하는 사람이면 할인이 되는 모양이다).

그래서 순식간에 옷을 갈아입고 마이마이 씨보다 먼저

풀 사이드에 나왔다.

"우와……."

그리고 나도 모르게 감탄사를 내뱉고 말았다.

아야세와 함께 왔을 때와는 전혀 딴판인 별세계── 게임 쇼나 코믹마켓 등의 행사장처럼 바뀌어 있었다.

다양한 의상을 입은 여자들과 남자들이 가득했다.

단, 여타 행사장과 달리 노출이 과감한 코스프레가 많았다.

일정한 규칙만 지키면 코스프레 차림으로 풀에 들어갈 수도 있기 때문에, 수영복으로 코스프레를 한 사람도 많았다. 따라서 노출이 많은 게 당연했는데, 솔직히 눈 둘 곳이 없었다.

그런 가운데서 나는 일단 풀 사이드에 있는 누울 수 있는 의자── 이른바 비치 베드에 누워서 마이마이 씨가 옷을 다 갈아입기를 기다리고 있었다.

얼마 뒤.

"오래 기다리셨죠?"

목소리가 들려 그쪽으로 시선을 돌렸다.

"앗……!"

거기에 서 있는 것은 우리 두 사람 다 플레이하고 있는 소셜 게임 《마리코레》의 등장 캐릭터인 '샤란'의 UR급 수영복 의상을 착용한 마이마이 씨였다.

생각지도 못한 변신에 나는 흥분을 누를 수 없었고, 아까까지와는 전혀 다른 분위기의 마이마이 씨의 모습에 가슴이 두근거렸다.

“헤헷, 어때요? 이런 느낌.”

들고 있는 짐을 바닥에 내려놓고 포즈를 취하는 마이마이 씨.

“우와……. 샤란이 현실 세계로 나온 것 같아요.”

“헤헷, 그렇게 말씀해 주시니 기뻐요……. 감사해요♡ 슈 씨도 이 캐릭터가 최애라고 하셔서 이왕이면 해 보고 싶었어요.”

“수영복 차림이지만 설마 사진으로만 보던 샤란을 볼 수 있을 거라고는 생각도 하지 못했어요. 정말 깜짝 놀랐어요. 혹시 콘택트렌즈 하신 건가요?”

이렇게 물은 것은 마이마이 씨가 안경을 쓰고 있지 않았기 때문이다.

“네, 코스프레할 때는 렌즈를 끼거든요. 그래서 말인데.”

그러면서 가지고 온 가방 안을 뒤적이는 마이마이 씨.

안에서 나온 것은 카메라였다.

그것을 나에게 내민다.

“찍어 주실래요?”

“네?!”

“슈 씨, 사진 잘 찍으시잖아요. 그래서 오늘 부탁드리고

© Shiokoji

싶었어요. 코스프레 사진을 올리는 인스타도 오랜만에 업데이트하고 싶고요."

나는 그렇구나 하고 이해하는 동시에 조금 당황했다.

데이트라고는 해도 (아야세와 함께 왔을 때처럼) 반은 보디가드의 역할이라고는 생각했지만, 카메라맨의 역할은 전혀 생각하지 않았다. 아니, 오히려 이런 전개를 예상했어야 했건만, 수영복이 너무 기대돼서 미처 예상하지 못했다.

"보세요! 사실 제가 쓰는 카메라도 슈 씨가 쓰는 카메라랑 똑같은 것이거든요. 그러니까 문제없을 거예요."

그렇게 넘겨받은 카메라.

전문가용으로 보이는 디지털 일안렌즈다.

몇 번 본 적 있는 아야세가 갖고 있는 카메라와 비슷한 것 같다.

그런데 내가 무슨 카메라를 썼는지 어떻게 알았지?

나는 의아했다.

"왜 그러세요? 사진의 Exif를 확인해 봤더니 이것과 같은 타입의 카메라를 쓰시는 것 같던데."

"아, 그랬군요. 아마, 괜찮……을 겁니다, 네."

엑시프?

그것으로 정보를 알 수 있는 모양이다.

솔직히 그게 뭔지 모르겠지만, 전문가용이래봤자 어차피 디지털카메라다.

아야세 덕분에 몇 번인가 만져 본 적이 있으니, 사진 정도는 찍을 수 있을 것이다. 아야세한테 구도는 잘 잡는다는 말도 들어 봤다.

"그럼 잘 부탁드려요."

어디 보자, 이렇게 하면 되나?

포즈를 취하는 마이마이 씨에게 초점을 맞추려고 했지만 일이 잘 풀리지 않았다.

'어, 어쩌지……?'

찍기 전까지의 과정은 아야세가 해 주었었다. 그래서 어디를 누르고 돌려야 초점이 맞는지도 몰라서 식은땀이 줄줄 났다.

"왜 그러세요?"

당황하고 있는 나를 보고 이상하다는 듯이 고개를 갸우뚱하고 묻는 마이마이 씨.

우선은 시간을 벌어야겠다.

나는 얼렁뚱땅 대답했다.

"죄송해요, 화장실이 좀 급해서……. 잠깐만 기다리세요!"

이렇게 된 이상 아야세한테 물어볼 수밖에 없다.

아니면 스마트폰으로 검색해야겠다고 생각하면서 나는 마이마이 씨를 잠시 떠나기로 했다.

5

진짜로 화장실에 가서 조금 진정된 후.

로커룸으로 이동해서 로커에 넣어 두었던 스마트폰을 꺼냈다.

그리고 우선 아야세에게 LINE으로 통화를 요청하려고 했을 때였다.

"쌤, 뭐 하세요?"

"전화 같은 거 필요 없는데."

등 뒤에서 들린 목소리.

돌아보니 거기에는 아야세와 우자키 두 사람이 서 있었다.

"너희가 어, 어떻게?"

참고로 내가 지금 순간 정지한 데에는 이유가 있었다.

두 사람이 마이마이 씨처럼 《마리코레》의 캐릭터의 수영복 코스프레를 하고 있었기 때문이다.

"코스프레 행사에 관심도 있고, 흔치 않은 기회라 준비해서 입고 왔죠. 저도 《마이코레》 하는 거 쌤도 알죠?"

"사쿠치가 알려 줘서 저도 하고 있어요. 우리는 거의 리폼하지 않은 기성품이지만……. 어때요? 잘 어울리죠?"

내가 하는 것을 보고 아야세도 《마리코레》를 시작한 것은 알고 있었다.

하지만 우자키까지 하고 있었을 줄이야.

"……어울리긴 하는데……."

"그게 다예요? 뭐예요, 그 센스 없는 대답은! 시시해!"

가자미눈을 뜨고 째려보는 아야세.

"그게 아니라, 데이트에는 안 따라오겠다면서?"

"하지만 지금은 제가 필요한 상황 아니에요??"

그건 맞다.

"다 보고 있어서 알거든요. 막 도와드리려는데 쌤이 그 여자한테서 떨어지길래 따라온 것뿐이에요. 아무튼 여긴 저한테 맡기세요."

"어? 잠깐……."

아직 어떻게 할 것인지 듣지 않았다. 이미 걷기 시작한 아야세를 말리려고 등 뒤에서 어깨를 향해 손을 뻗으려 했지만, 우자키에게 그 손을 잡혀 버렸다.

"코스어는 터치 금지예요~."

"그런 게 아니라."

"괜찮아요, 괜찮아요. 사쿠치한테 맡겨 놓으면 다 돼요."

어느새 아야세는 마이마이 씨의 바로 앞까지 가 있었다. 이제 말리기에는 늦었다.

아니 그보다는 이런 상황에서 어떻게 해야 좋을지 알 수 없었다.

'아야세를 믿고 전부 맡기는 수밖에 없나.'

내가 모든 걸 포기했을 때였다. 아야세가 가까운 벤치에 앉아 내가 돌아오기를 기다리고 있던 마이마이 씨의 앞에

서더니 이렇게 말했다.

“안녕하세요, 처음 뵙겠습니다.”

“네? 아, 네. 처, 처음 뵙겠습니다.”

깜짝 놀란 후, 다시 한번 당황하는 마이마이 씨.

어떤 의미에서는 당연한 반응이다.

“그런데 무슨, 일이신지?”

“아…….”

아야세가 조금 떨어진 곳에 숨어 상황을 지켜보고 있는 나에게 시선을 던지며 말했다.

“사실 전 저기 있는 슈 씨의 사촌 동생이에요. 사쿠라라고 해요.”

“사, 사촌 동생이요?!”

다섯 손가락을 쫙 펼치고 손바닥으로 벌어진 입을 가리는 포즈로 깜짝 놀라는 마이마이 씨.

놀랄 만도 하다.

이런 전개를 어찌 상상했겠는가.

“참고로 저는 친구인 레나라고 해요! 잘 부탁합니다!”

이어서 아야세의 뒤에서 나타난 것은 방금까지 바로 내 옆에 있었던 우자키였다.

대체 어느새 마이마이 씨의 앞으로 이동한 거지?

나는 전혀 눈치채지 못했다.

“그런데.”

아야세가 이어서 말했다.

"엄청난 우연이지만, 저희도 여기 놀러 왔거든요……. 그런데 슈 오빠가 더위를 먹었는지 몸이 좀 안 좋은 것 같더라고요. 그래서 말인데, 제가 대신 사진을 찍어 드려도 될까요? 전 사진 찍는 건 자신 있거든요."

"아, 그게……. 슈 씨는 괜찮아요?"

당황하는 마이마이 씨.

나는 그리로 가서 미안한 표정으로 끼어들었다.

"죄송합니다…… 일이 이렇게 돼서."

"아, 아니에요……. 몸이 안 좋으시면 쉬셔야죠. 제 사진은 저기……."

"사쿠라요."

마이마이 씨가 자신의 이름을 기억하지 못하고 있다고 판단한 아야세가 다시 이름을 밝혔다.

"죄, 죄송해요. 사쿠라 양한테 부탁할게요."

"아, 네. 사쿠라라면 틀림없이 잘 찍어 줄 겁니다……. 정말 죄송합니다……."

내가 이렇게 말하자 의기양양한 표정을 짓는 아야세.

사진을 찍을 수 있게 되어서 좋은가 보다.

나는 벤치에 앉아 마이마이 씨와 아야세와 우자키 세 사람을 지켜보았다.

솔직히 말하면, 마이마이 씨한테는 거짓말을 한 셈이다.

그래서 너무 미안하다.

'그런데 폼이 꽤 그럴 듯한데…….'

과연 카메라에 자신이 있다고 할 만하다. 아야세는 마이마이 씨에게서 조금 떨어진 곳에 앉아서 카메라를 만지고 있었다.

무슨 조정을 하는 모양이다.

"그럼 준비되셨어요?"

"아, 네!"

흠칫 놀라면서도 바로 대답하고 포즈를 취하는 마이마이 씨.

그리고 아야세가 셔터를 눌렀다.

찰칵, 찰칵, 찰칵, 찰칵하고 카메라 셔터음이 울리는 가운데, 마이마이 씨는 몇 가지 포즈를 취했다.

역시 코스어답게 표정도 포즈도 완벽했다. 원작도 잘 재현하고 있고, 촬영하는 동안 미동도 하지 않는다.

평소 모습에서는 상상도 할 수 없을 만큼 당당하다.

그야말로 코스프레하고 있는 캐릭터 그 자체 같다.

그런 마이마이 씨는 곧 주위의 코스어들과 카메라맨들 그리고 일반 손님들의 주목을 받기 시작했다. 그러나 포즈를 풀면 평소의 마이마이 씨로 돌아갔다.

"찍어도 될까요?"

이런 요청을 들으면 어쩔 줄을 모른다.

그런데 지금은 그 사이에 끼어들어 상황을 정리하는 사람이 있었다.

카메라를 목에 걸고 있는 아야세가 아니다.

우자키이다.

마치 매니저나 스태프처럼 행동하고 있다.

“자 그러면 촬영하세요~!”

그 소리에 이어 에워싸인 마이마이 씨에게 수많은 카메라가 향한다.

찰칵, 찰칵, 찰칵, 찰칵, 찰칵, 찰칵!

수많은 사람에게 둘러싸여 당당한 태도로 사진을 찍히고 있는 마이마이 씨.

이런 사람이 여자친구라면 자랑스럽기도 하고 자존심도 충족될 것이 틀림없다.

하지만 그런 미래는 절대 오지 않으리라.

촬영이 일단락되자 마이마이 씨가 아야세가 촬영한 사진을 확인했다. 나는 모든 걸 들통날 것을 각오하고 있었다.

“우와, 사진 정말 잘 찍으시네요! 아직 어린데 센스가 대단해요!”

마이마이 씨는 아야세가 찍은 사진을 보고 감동한 모양이다.

한껏 들떠 있다.

“후훗♪ 그렇죠? 아이 좋아라!”

아야세는 칭찬을 듣고 만족스러운 듯했다.

이대로 아무 일 없이 시간이 흘러갔으면 좋겠다는 생각도 들었지만, 그것은 그저 미루기 같은 것이다.

하지만 그렇게는 되지 않았다——.

다시 아야세가 찍은 사진을 확인하는 마이마이 씨.

진지한 표정으로 한 장 한 장 확인하던 마이마이 씨가 갑자기 나에게 시선을 돌렸다.

"이 설정에 이런 느낌으로 찍은 사진, 혹시……."

아무래도 눈치챈 모양이다.

마이마이 씨가 무엇을 말하고 싶은지는 물론 나도 이미 알고 있다.

평소에는 사람을 찍지 않았지만, 구도나 분위기는 아무래도 비슷할 것이다.

게다가 내 사진이 좋다고 말해 주었던 사람인 것이다.

사진에도 일가견이 있다.

내가 인스타에 올리고 있는 사진과 비슷하다는 것을 모를 리가 없다.

그렇다고 해서 사촌 동생인 사쿠라에게 사진을 가르쳐 준 사람이 나라는 변명은 아마 통하지 않으리라.

즉 이제 이 관계는 끝이다——.

이번 매칭은 이로써 실패로 끝나겠구나 싶었다.

'이렇게 되지 않도록 앞으로는 인스타를 그만두던가 카

메라를 배워야겠어.'

문득 이런 생각이 들었다.

아야세처럼 센스 있게 찍을 수는 없겠지만, 조금은 나아질지도 모른다. 그야말로 아야세가 진짜 선생님이 되는 것이다.

딱히 취미랄 만한 취미도 없고 사진으로 인기를 끌 수 있다는 것도 알았으니, 그것도 좋을지도 모른다.

'마이마이 씨는 아야세랑 매칭되는 게 더 어울리지 않나?'

차라리 우자키와 셋이 코스프레 동아리를 만든다든지.

이름은 뭐가 좋을까?

'마이자쿠라'?

우자키의 이름은 빠졌지만.

뒤에 토끼 마크를 붙이거나 로고로 만들면 되지 않을까?

틀림없이 인기 있는 동아리가 될 텐데 따위의 생각을 하고 있는데 갑자기 고함 소리가 들렸다.

"잠깐, 마이── 그 여자 뭐야!!"

6

느닷없이 들린 여자의 고함.

그 방향을 쳐다보니 코스프레 복장의 한 여성이 서 있었다.

마이마이 씨와 아야세처럼 《마이코레》의 수영복을 입고 있다.

그 뒤에도 다른 캐릭터이긴 하지만 《마이코레》의 수영복을 입은 두 여성이 있었다.

'저 사람, 혹시…….'

고함을 지르더니 이쪽으로 뚜벅뚜벅 걸어오는 마치 꽃미남처럼 생긴 여성은 낯익은 얼굴이었다.

"라이스…… 여긴 어떻게?!"

깜짝 놀라는 마이마이 씨.

그 말에 나도 확신이 들었다.

그녀는 마이마이 씨의 전 파트너, 코스프레 동아리 '마이마이라이스'를 같이 운영했던 라이스 씨였다.

"혹시 새 파트너?! 이런 어린애를 꼬신 거야……?"

라이스 씨가 어리둥절한 표정의 아야세를 곁눈질로 흘끗 보고 마이마이 씨에게 이렇게 따졌다. 그러자 마이마이 씨가 당황해서 설명을 시작한다.

"그런 거 아니야……. 이 사람은 그러니까, 치, 친구의 사촌 동생이야……. 나도 방금 처음 만났어. 봐, 코스프레도 하지 않았잖아."

"친구……?"

이어서 라이스 씨의 시선이 향한 곳은 아야세와 마찬가지로 무슨 상황인지 몰라 어리둥절하고 있는 우자키……

가 아니었다.

라이스 씨가 "친구"라고 말한 순간, 마이마이 씨가 흘끔 쳐다본 나였다.

라이스 씨는 나를 보자마자 눈을 휘둥그레 뜨고 외마디 비명을 질렀다.

"나, 남자?! 어떻게 된 거야? 마이가 남자친구를?! 그런 기색은 전혀 없었잖아!"

"기색이라니. 안 본 지 반년이나 됐으면서 지금의 내가 어떤지 라이스가 어떻게 알아!"

마이마이 씨도 똑같이 목청을 높이면서 받아쳤다. 나는 처음 듣는 마이마이 씨의 커다란 목소리에 흠칫하고 말았다.

"남자, 남자 하지 마! 아직 사귀는 것도 아니니까!"

"아직이라니……. 그럴 생각은 있다는 거야?!"

"그건, 라이스 잘못이잖아! 라이스가 남친을 만들어서 코스프레를 그만뒀잖아……. 그래서 나는……!"

눈물이 그렁그렁해서 필사적으로 성토하는 마이마이 씨. 그러자 라이스 씨는 겸연쩍은 표정으로 시선을 피하면서 작은 목소리로 중얼거렸다.

"헤어졌어."

"뭐?"

망연자실한 표정을 짓는 마이마이 씨.

그러자 라이스 씨가 새빨개진 얼굴로 말했다.

"지난달에 헤어졌어! 일단 사귀어 봤더니, 잘 안 맞아서……."

"그런데 왜 안 알려준 거야?!"

다시 목청을 높이는 마이마이 씨. 주변에는 꽤 많은 구경꾼이 모여들었지만, 그런 건 눈에 들어오지 않는 것 같다.

"무서웠으니까!"

"무서워……?"

"마이한테 거절당하는 게 무서웠어! 그래서 옛날 친구들한테 상담하려고 오랜만에 행사에 참가했는데…… 그랬더니 마이가 있잖아……."

"맞아?"

마이마이 씨가 째려보자, 라이스 씨의 옆에 있던 두 명의 코스프레 친구가 고개를 끄덕끄덕했다.

"라이스가 우리한테 어떻게 하면 마이마이랑 화해할 수 있겠냐고 상담했어."

"그러고 있는데 카메라맨들을 끌어모으고 있는 마이마이 씨를 발견하고 깜짝 놀란 거야……."

두 사람도 평소와 다르게 격앙된 마이마이 씨에게 겁을 먹은 듯하다.

"들어 봐, 마이."

라이스 씨가 마이마이 씨의 어깨에 두 손을 올렸다.

"!"

흠칫하는 마이마이 씨.

라이스 씨가 그 눈을 지그시 쳐다보면서 진지하게 말하기 시작한다.

"멀리서도 마이라는 걸 한눈에 알아봤어. 사진을 찍히고 있는 모습이 누구보다도 멋지고 반짝거렸으니까——."

"라이스……."

"옛날부터 마이는 쭉 그랬어. 나는 그런 마이가, 그러니까……."

파르르 떨리는 라이스 씨의 두 손.

그녀의 얼굴은 새빨갛게 물들어 있다.

'헉, 이거 혹시——.'

설마 했지만 내 상상은 틀리지 않았던 듯하다.

"난, 그런 마이가, 좋았어!"

"허, 허억……?! 조, 좋다니……?!"

불이 난 것처럼 얼굴을 새빨갛게 물들인 채 당황한 기색이 역력한 마이마이 씨.

느닷없이 고백받았으니 그럴 만도 하다.

그때 라이스 씨가 필사적인 얼굴로 다급히 말했다.

"그래, 좋아해! 사랑해! 이상하지? 여자끼리 이런 감정은! 그래서 차마 전하지 못하고…… 그런 감정을 털어버리기 위해서라도 한번 여자답게 남자랑 사귀어 보려고 했던 건데, 역시나 소용없었어!"

라이스 씨가 눈에서 떨어지는 눈물을 손으로 닦으면서 연신 흐느낀다.

"미안, 미안해……. 이런 말 해서……."

그런 라이스 씨의 손을 두 손으로 꼭 잡는 마이마이 씨.

"그런 말 하지 마! 미안하긴 뭐가 미안해……!"

"마이……?"

푹 숙이고 있던 고개를 드는 라이스 씨.

마이마이 씨가 그런 라이스 씨의 촉촉한 눈동자를 바라보면서 말했다.

"나도, 라이스랑 마찬가지야! 라이스를…… 좋아해."

"뭐?! 거짓말……."

라이스 씨가 놀라서 외친다.

놀란 것은 나도 마찬가지다…….

"정말이야?"

"정말이야. 나도 라이스를 좋아해. 아주 오래전부터!"

헐, 뭐야 이 전개?

내가 경악하고 있는 동안 아야세와 우자키는 눈을 반짝반짝 빛내면서 "오오오오!" 하고 두 사람에게서 눈을 떼지 못하고 있었다. 라이스 씨와 마이마이 씨의 코스어 친구들도, 다른 구경꾼들도 모두 그러고 있다.

"그래서 라이스에게 남자친구가 생겼다는 게 너무 충격

적이었어……. 그래서 매칭 앱을 통해서 남자와 사귀려고 해 봤지만 잘되지 않았어……. 하지만.”

그러고는 나를 쳐다보는 마이마이 씨.

그리고 기세 좋게 머리를 숙였다.

“겨우 좋은 사람을 만났다고 생각했지만…… 죄송해요!”

“네? 저요?”

여기에 나 말고 다른 남자는 없다.

내 쪽을 보고 있으니.

틀림없이 나겠지.

“역시 제 마음에 솔직하고 싶어요. 그러니까……!”

라이스 씨를 꼭 끌어안는 마이마이 씨.

“라이스! 사랑해! 다시 둘이 같이 코스프레를…….”

“응, 물론이지! 나도 마이를 사랑해! 다시는 헤어지지 않을 거야!”

마이마이 씨도 라이스 씨를 꼭 끌어안았다.

““으아아아아앙!””

감격에 겨워서 울음을 터트리는 두 사람.

왠지 주위는 엄청나게 들떠 있었다.

박수 소리까지 들리고 있다.

아야세와 우자키도 박수를 보내고 있고, 라이스 씨의 코스프레 친구 두 사람도 눈물을 글썽이고 있다.

“됐어, 이제 됐어! 이로써 ‘마이마이라이스’는 부활이야.”

"그래. 우리도 질 수야 없지."

왠지 손을 꼭 맞잡고 있다.

혹시 이 두 사람도 그런 사이?

그때 등 뒤에서 누가 어깨를 탁, 쳤다.

아야세였다.

"저 두 사람, 잘 어울리는데 사이에 남자는 필요 없지 않아요? Don't mind"

"아, 응. 그건 그렇지. Don't mind지."

보니 마이마이 씨와 라이스 씨 두 사람은 손가락으로 서로 눈물을 닦아 주고 있다.

좋네.

청춘이란 눈부시구나.

백합이구나.

그런 다음 자연스럽게 한참 동안 '마이마이라이스' 부활제가 벌어졌다.

마침 같은 작품의 코스프레를 하고 있어서 두 사람의 공동 촬영회가 벌어졌다. 거기에 친구 2명까지 4명. 아야세와 우자키까지 끼어서 6명에게 카메라가 집중된다.

"이거 그라비아 같아서 재미있는걸!"

"맞아! 아이돌이 된 기분이야. 너무 재미있어!"

솔직히 나는 교사로서 이래도 되나 싶었지만, 우자키와 아야세가 너무 들떠서 말릴 수가 없었다.

아니 우자키는 피사체의 재미를 알아 버린 것 같은데?

이곳에 내가 있었다는 것은 카토 선생님에게는 절대 비밀로 해야겠다.

말리지 않았다고 혼날 것 같으니까.

'어차피 우자키가 선생님한테 어필하는 수단으로 사진을 이용하겠지만…….'

그 두 사람의 앞날은 나로서는 알 수가 없다.

그런 촬영회가 일단락된 것은 22시가 가까워서 나이트 풀의 영업시간이 끝나갈 때였다.

아야세와 우자키가 내 쪽으로 와서 말했다.

"저희는 '마이마이라이스' 두 사람과 연락처를 교환했어요. 이번 여름 코미케에서 코스프레할 건데, 같이 하려고요. 피부가 좋다고 엄청나게 칭찬받았어요. 쌤도 같이 가요."

"같이 가요! 저 더 본격적으로 코스프레하고 싶어요!"

"아, 나는……."

여름 코미케── 오타쿠들의 여름 축제(제전). 학생 때 가본 적도 있고, 이곳에 있는 여성들의 새로운 코스프레도 보고 싶다.

하지만 마이마이 씨와의 관계상 좀 거북스럽지 않나 생각하고 있는데 '마이마이라이스' 두 사람이 다가왔다.

먼저 입을 연 것은 마이마이 씨였다.

"정말 죄송해요. 제멋대로 굴어서……."

"하지만 결과적으로 두 분이 화해해서 잘 되셨으니까, 잘 된 거죠, 뭐."

이렇게 마이마이 씨가 나에게 사과하는 지금도 두 사람은 서로 손을 꼭 잡고 있다. 정말로 러브러브하다.

"제가 할 말은 아니지만, 당신에게도 좋은 애인이 생기기를 기도할게요."

"아, 네……. 그렇게 되도록 노력하겠습니다……."

라이스 씨가 건넨 말.

악의는 없겠지만, 그 말에 나는 조금 대미지를 입고 말았다.

'애인을 빼앗기는 게 이런 기분일까?'

상당히 특이하고 어려운 방법으로 빼앗겼지만.

"그건 그렇고, 한 가지 묻고 싶은 게 있는데."

이어서 마이마이 씨가 귀에다 대고 말한다.

"슈 씨하고 사쿠라, 정말 그냥 사촌이에요?"

『사랑은 서로 바라보는 것이 아니라 함께 같은 방향을 보는 것이다.』

-생텍쥐페리

1

여름 방학에 교사의 할 일 중에는 '연수'가 있다.

내가 받는 연수는 일주일에 1번씩 총 4번, 다른 학교 선생님들과 모여서 지도 방법이나 학생과의 커뮤니케이션에 관해서 공부하는 자리다.

거기에서 의제로 나온 주제가 있었다.

요즘 학생들은 예전 학생들과 인간관계의 양상이 다르다는 것이다.

스마트폰을 가지고 있는 건 기본이고, 게임도 온라인을 전제로 한다.

집에서도 학교 친구들과의 관계성을 유지하기가 쉬워졌다.

그것은 졸업한 후에도 마찬가지이다.

LINE 등 메신저는 물론이고 SNS 등으로도 교류할 수 있는 범위가 확대되고 있다.

상급생이나 졸업생과도 연락해서 친해질 수 있고, 나이 차이가 많은 어른과도 연락할 수 있다. 그 결과, 교사들의 감시가 닿지 않는 곳에서 커다란 사건에 연루될 수도 있기 때문에 그런 쪽으로 주의가 촉구되어야 한다는 것이었다.

참고로 나 때는 딱 중간이었다.

그 윗세대 때는 중고등학교 시절에 휴대폰으로 문자를 주고받는 정도였다고 한다.

미성년자의 매칭 앱 사용에 관한 문제도 의제로 제기되었다.

나와도 관련이 있는 의제라 다소 거북스러웠다. 그것은 본래 중고생이 쓰면 안 되는 것이지만, 모든 커뮤니케이션 도구에 있어서 공통적으로 말할 수 있는 것은 꼭 나쁜 효과만 있는 것은 아니라는 것이다.

부모와 자식 간의 관계 개선도 있고, 단신 부임해도 떨어져 있는 느낌이 들지 않기도 하고, 조부모와의 관계도 깊어진다. 스포츠에서 팀워크가 좋아지기도 하고, 공부를 서로 가르쳐주어 성적이 올라간 사례도 있다.

물론 그 반대도 있다. 즉 연애든 뭐든 도구는 쓰기 나름인 것이다.

'내가 학생이었을 때 지금 정도의 커뮤니케이션 도구가 있었다면 사가라하고 어떻게 되었을까?'

문득 그런 생각이 든다.

사가라와 헤어지는 일은 없었을까?

지금 와서는 알 수 없는 일이고, 지금 생각해 봤자 소용없지만, 나는 지금 시대라서 사가라와 재회할 수 있었다.

'그 도구를 잘 쓰고 있지는 못하지만.'

아야세, 우자키와 나이트풀에 갔을 때 사가라를 목격했던 것이 내내 신경 쓰였다. 그러나 사가라에게 확인 메시지를 보내지 않는 사이에 완전히 시기를 놓쳐 버렸다.

2

여름이 한창일 무렵, 나는 사가라와 청춘 시절을 보냈던 마을에 돌아와 있었다.

즉 본가인데, 작년에 할머니가 돌아가신 이래로 처음 맞이하는 추석이다.

할머니가 나를 예뻐하시기도 했고, 내가 꿈꾸던 교사가 된 것을 기뻐해 주시기도 했었기 때문에 첫 추석에는 참석하고 싶었다.

그래서 추석 연휴 중 이틀은 귀성하기로 일정을 잡아 놓았었다.

그 일정이 마이마이 씨가 코스프레를 한다는 여름 코믹마켓, 즉 '여름 코미케'와 완전히 겹치는 바람에 거기에는 참석할 수 없었다.

그러자 마이마이 씨와 코스프레를 하겠다고 의욕이 충만했던 아야세도 "그럼 저도 안 갈래요" 하면서 우자키와 같이 여름 코미케에서 코스프레하기를 포기했다.

교사로서 이런 말을 하기는 뭐하지만, 어떤 의미에서 두 사람이 보호자격이니까 가도 상관없다고 말했지만 "이미 마이마이 씨한테 안 간다고 말했고, 쌤이 없으면 재미도 반감돼요. 그러니까 연말에 열리는 겨울 코미케에는 같이 가요☆"라는 대답이 돌아왔다.

참고로 아야세와 마이마이 씨는 LINE 주소를 교환해서 꽤 자주 연락하고 있는 듯하다.

참고로 인스타그램 사진 건도 이미 마이마이 씨에게 들켰다.

〈슈 씨하고 사쿠라, 정말 그냥 사촌이에요?〉

나이트풀에서 이렇게 물었던 마이마이 씨.

그것은 사촌지간을 의심하는 것이 아니라 사진에 대한 이야기였다.

내가 아야세에게 카메라를 알려주는 게 아니냐는 뜻이었다.

그 질문에 나는 거짓말을 하지 않았다.

아야세와 사촌지간이라는 거짓말은 했지만, 아야세가 취미로 찍는 사진을 인스타에 올리고 있다는 것, 프로필을 찍어 준 것도 아야세라는 것, 한 사람의 젊은 여성으로서 나에게 연애 상담과 어드바이스를 해 주고 있다는 것 등을 솔직하게 모두 이야기했다.

참고로 나는 교사이고 아야세와 우자키는 내 학생이라는 것도 말했다.

"그랬군요. 의문이 전부 풀렸어요."

"본의 아니게 속여서 죄송합니다. 악의가 있었던 건 아니고…… 그리고 정말로 사진에 관심도 있어서…… 이제부터 사쿠라한테 배울까 하던 참이었어요."

"앗, 정말요?!"

아야세가 눈을 빛낸다.

"하지만 슈 오빠가 과연 센스가 있을까?"

"능숙해지면 저도 기쁠 것 같아요."

마이마이 씨도 왠지 좋아하고 있다.

"그렇게 되면 사쿠라까지 해서 같이 코스프레 할 때 슈 씨가 찍으시면 되잖아요."

즉 코스프레가 목적인 것이다.

정말 코스프레를 좋아하는구나.

어쨌거나 올해 '겨울 코미케'는 매년 본가로 돌아오는 날인 12월 31일과 겹치지 않는 듯하니 가지 못할 이유는 없어 보이지만, 일단 대답을 보류하기로 했다.

그전에 행사가 있으면 알려주겠다고도 했었고, 연말 전에 여자친구가 생겨서 하카마다처럼 빠르게 관계가 진전

되면, 여자친구의 집이나 나의 본가로 인사를 가게 될 가능성도 있다고 생각했기 때문이다.

어쩌면 이번 추석에도 그런 전개가 가능했을지도 모른다.

그러나 현실은 냉혹하다.

그런 전개도 없었거니와, 본가에 돌아오고 첫 저녁 식사 때는 느닷없이 어머니에게 공격당했다.

"그런데 슬슬 좋은 소식 없니? 왜 초등학생 때 친하게 지냈던 우리 동네 살았던 유스케 있잖아. 지난달에 결혼했다더라. 벌써 와이프 배에 아기도 있대. 어찌나 부럽던지. 엄마도 빨리 손주 얼굴 보고 싶어."

그건 속도위반 아닌가——.

딱히 그것이 나쁘다는 것은 아니지만. 그렇군, 유스케도 결혼했군.

최근에는 한 번도 연락해 보지 않았다. 연락처도 모르지만.

어릴 적 친구가 어떻게 살고 있다는 이야기를 듣는 것도 신선했고, 내가 그런 나이가 되었다는 것도 다시금 인식하게 되었다.

"네 학교에도 젊은 여선생님은 있을 거 아니야. 좋은 사람 없어?"

"없어요……."

젊은 여성은 있지만.

그때 머릿속에 수영복 차림의 키라라자카 선생님이 떠올랐다.

정말 멋있었고, 가슴도 크고 매력적이었지만, 역시 키라라자카 선생님을 내 연애 대상으로 삼을 수는 없다.

동료가 좋아하는 사람이기 때문이다.

"음~, 그래……."

못마땅한 표정을 짓는 어머니. 손주의 얼굴을 보고 싶다는 것은 진심이리라. 나는 외동이라 압박감도 크다.

"참, 중학교 때 친했던 애 있잖아. 누구였더라──."

"그런 이야기는 됐어요!"

나도 모르게 언성을 높이고 말았다.

어머니가 놀란 표정을 짓는 것을 보고 나는 죄송한 마음이 들면서도 허둥지둥 둘러댄다.

"중학교 때 친구들은 거의 안 만나요……. 코로나 때문에 그동안 연락이 끊기기도 했고요."

"여보, 요즘 애들은 결혼도 늦게 하잖아. 당신이 이해해."

아버지가 중재에 나섰다.

감사하지만, 어머니는 멈추지 않는다.

"하지만 엄마 때는 학생 때부터 사귀었는걸. 너만 할 때는 이미 결혼해서 이듬해에 널 낳았어. 엄마는 진짜로 빨리 손주 얼굴을 보고 싶어. 공무원이니까 빨리 안정된 가정을 꾸려야지……."

"잘 먹었습니다."

솔직히 이 이상 엄마한테 이런 주제로 잔소리를 듣는 것은 괴롭다.

꾸준히 결혼 활동은 하고 있지만 부모님에게 "하고 있다"고 말하는 것도 너무 부끄럽고, 괜히 기대감을 주게 될 것이다.

"아, 전에 오후 와이드 쇼에서 특집으로 매칭 앱이 나왔는데, 요즘 애들은……."

자리에서 일어나 방으로 들어가려는 내 등에 대고 어머니가 말했다.

내 방으로 돌아온 나는 그 매칭 앱을 켰지만, 본가에서 하는 것은 썩 내키지 않아서 그대로 잠이 들었다.

3

다음 날은 할아버지 댁으로 가서 할머니가 돌아가신 후 첫 추석을 맞이하여 제사를 지냈다.

친척들도 많이 모였는데, 그중에는 얼마 전에 아이를 낳은 사촌도 있었다.

덕분에 제사가 끝나고 식사하는 자리에서 어젯밤의 화제가 다시 뜨거운 감자로 떠올랐다.

어머니는 자꾸 결혼하라고 성화였다.

자리가 가시방석이다.

'카페나 갈까…….'

추석 연휴에 해 두어야 할 일도 있어서, 나는 아버지가 운전하는 차를 타고 본가로 돌아가기로 한 저녁까지는 돌아오겠다고 말하고 아이패드가 든 가방을 들고 역 앞 카페로 향했다.

그러나 상복 차림이다.

한여름이라 무지하게 덥다.

할아버지 댁을 나온 것이 후회될 정도다.

돌아갈 때는 카페로 데리러 와 달라고 할까, 하는 생각이 들 정도였다.

"아, 시원해……."

카페에 들어선 순간, 그제야 살 것 같았다.

냉방이 빵빵하게 켜져 있었기 때문이다.

그런데――.

'이런 곳에 들어오는 것에도 익숙해졌군.'

평소에는 카페를 잘 다니지 않았다. 과시하기 좋아하는 젊은 커플이나 아줌마들이 모이는 곳이라고 생각했고, 왠지 나와는 상관없는 곳이라고 생각했기 때문이다.

하지만 현실을 말하면, 나 같은 젊은 남성이 노트북으로 작업도 하고 자격증 공부도 한다. 노인이 혼자서 책을 읽는 경우도 많다.

지금 이 카페도 그랬다.

나름 붐비고 있는 카페 안에는 실로 다양한 사람들이 있다.

젊은 커플도 있고, 오랜만에 고향에서 모인 듯한 사람들도 있고, 나처럼 본가나 조부모 댁에 있기가 거북해서 상복 차림으로 노트북을 펼치고 있거나 책을 읽고 있는 사람들도 있었다.

그런 가운데 나는 주문한 커피를 받아 앉을 자리를 찾았다.

'빈자리가, 어디 보자――.'

나는 마음에 드는 자리를 찾기 위해 카페 안을 두리번거리다가 얼어붙고 말았다.

'어, 어째서?'

시기가 시기이기는 하지만 지나친 우연이다.

그녀도 고정되어 버린 내 시선을 눈치챈 모양이다.

"슈?"

나를 그렇게 부른 것은 방금까지 따분한 얼굴로 스마트폰을 만지고 있던 내 중학교 시절의 여자친구였다.

얼마 전에 매칭 앱을 통해 재회해서 몇 번 만났다가 다시 연락이 끊겼던 여성. 사가라 미유다.

"사가라가 왜 이런 곳에……."

나도 모르게 그런 말이 흘러나왔다. 사가라가 한숨을 푹 내쉬었다.
"왜는 왜야? 나는 카페에 있으면 안 돼?"
"그런 게 아니라."
"앉아."
"어?"
눈앞의 자리를 눈짓으로 가리킨다.
"혼자만 서서 얘기할 수는 없잖아."
"그, 그럼……."
순순히 의자에 앉는 나.
"오랜만……이라고 할 정도는 아니네."
"대충 한 달만이니까."
"명절 때문에 내려온 거야?"
"응, 보다시피 제사라서. 그런데 집에 있기가 불편해서 도망쳐 나왔어."
"나도 볼일이 있어서 왔는데, 뭐 비슷해……. 이런 곳에서 슈를 만나다니 정말 놀랐어."
아직은 사가라와 평소처럼 대화하고 있다. 이렇게 우연히 만나면 나를 거부하지 않을까 생각했지만, 그렇지는 않았던 모양이다.
앞에서 파투 나지 않고 이렇게 다시 만나게 되어서 다행이다.
아직 감사 인사도 사과도 하지 않았으니까.

"저기, 우선 아야세에 대해서 말인데……."

"뭐야? 갑자기 다른 여자 얘기?"

"아니, 그게……."

말문이 막힌 나를 보고 사가라는 어이가 없다는 표정이다.

"그 애는 무사하고, 선물도 좋아했다면서? 그럼 됐잖아."

"그게 아니라, 사가라를 화나게 한 거 같아서."

"그야 화 나지. 그런 상황에서 화를 안 낼 여자가 어디 있겠어? 그래도 넘어가 줄게. 덕분에 슈는 역시 슈라는 걸 알았으니까."

"내가 나라니?"

"옛날하고 하나도 변하지 않았다고."

"무슨 뜻으로 하는 말이야?"

"딱히? 말 그대로야."

어이없다는 듯이 웃는 사가라.

"아, 그리고 나도 한 가지 보고할 게 있어. 그 스토커 말이야, 그 밖에도 여죄가 있었나 봐. 그래서 당분간 감옥에 있게 됐대. 나로서는 안심이지."

우리가 데이트하던 중에 갑자기 눈앞에 나타나 난동을 부리고 체포까지 당했던 스토커남.

얼마 전에 경찰이 사가라에게 연락했다고 한다.

"그런 남자를 조금이라도 괜찮다고 생각해서 데이트까지 했다니, 내 취향도 안목도 최악이었던 것 같아. 인생에서 두 번이나 슈한테 버림받고 나서는 매칭 앱에서 괜찮은 남자도 못 찾겠어."

"버렸다니……."

"그게 버린 게 아니면 뭔데?"

토라진 듯, 그러나 귀엽게 입술을 삐죽거리는 사가라.

할 말은 많지만 나는 거기에 반론하지 않았다.

무슨 말을 해도 내가 궁지에 몰릴 것이 뻔하고, 사가라는 화를 내고 있다기보다, 나를 놀리고 있는 것 같았기 때문이다.

"그런데 슈는 아직도 앱 해? 아니면 그 여자가 여친? 왜 전에 나이트풀에 있었잖아. 더블데이트인 것 같던데."

"그럼 내가 잘 못 본 게 아니었구나. 멀리서 잠깐 본 거라 확신이 없었는데……."

"참고로 말하면, 나는 친구가 가자고 해서 간 것뿐이야. 막상 갔더니 남자랑 소개팅하는 것처럼 돼서 최악이었지만. 슈는?"

"나는 애들이 나이트풀에 꽤 다닌다고 하길래, 잘 모르기도 하고 위험할 것 같기도 해서 동료 선생님이랑 시찰하러 간 거야."

"그런데 왜 그 애가 있었는데?"

"사정이 있었어."

나는 동료와 그 친척——그리고 사촌 동생과 아야세와

의 관계를 (우자키가 카토 선생님을 좋아한다는 것도) 사가라에게 말해 주었다.

"……그랬구나."

사가라가 한숨을 폭 내쉬었다.

"슈는 여전히 사람이 너무 좋아. 정리하자면, 슈는 아직 여친은 없다는 거지? 그럼 아직 우리 둘 다 솔로네? 그러면——."

그러더니 짓궂게 웃었다.

"우리 다시 사귈래?"

"어?!"

"왜 그렇게 놀라?"

"아니…… 농담이지?"

"당황하는 얼굴 좀 봐. 옛날 같아서 귀엽다."

"야!"

그 말에 얼굴이 확 달아오른다.

"그래서, 진심이야?"

"농담은 아닐걸."

사가라가 능글맞게 웃으며 말을 잇는다.

"그럼 30살이 되도록 서로 독신이면, 나랑 결혼할래?"

그 말에 생각나는 것이 있었다.

중학교 때, 나와 사가라가 아직 사귀기 전에 나누었던 대화였다.

같이 공부하다가 나왔던 이야기였다.

"슈는 몇 살 전까지 결혼하고 싶어?"
"응?"
"그…… 흔히 그런 얘기 많이 하잖아. 어쩌다 친구랑 그런 얘기를 하게 됐는데, 슈는 어떤지 궁금해서."
"나는…… 음, 30살 정도?"
"왜 30살인데?"
"대부분 그쯤이지 않나 싶어서. 우리 부모님은 일찍 하신 것 같지만. 사가라는?"
"음…… 나도 그때까지는 하고 싶어."
"그, 그렇구나……."
"그런데 30살이라니, 꽤 멀다. 지금까지 살아온 세월만큼 남았네. 그때 슈는 선생님이 되어 있을까?"
"그랬으면 좋겠다. 사가라는?"
"나는 딱히 되고 싶은 게 없어……. 굳이 말하자면 아내?"
순간 심장이 덜컹했다. 지금 같은 관계가 이어진다면 그 상대는—— 이런 생각을 해 버린 것이다.
"슈, 혹시 30살이 되었을 때 서로 독신이면 나랑 결혼할래?"
내 어깨에 몸을 기대며 그렇게 묻는 사가라.
그때는 단순한 농담이나 장난이었겠지.

하지만 나는 그 말을 의식한 나머지 얼굴이 새빨개졌다.

그리고 한동안 그 말이 머릿속을 떠나지 않았다.

"……그 표정을 보니 기억하고 있었구나? 그때는 적당히 넘어갔던 것 같은데, 지금 생각은 어때?"

"글쎄. 사가라가 30살까지 독신일 리가……."

미인 그 자체인 것이다.

남자들이 이런 여자를 내버려 둘 리가 없다.

"어떠려나? 요즘은 도시에 사는 30대 독신녀도 흔하잖아? 고향에 돌아왔더니 잔소리 폭탄이지만."

한숨을 쉬는 사가라.

그 모습에 감이 왔다.

"사가라도 한 소리 들었구나?"

"슈도?"

나는 고개를 끄덕였다.

"좋은 사람 없냐고. 빨리 손주 얼굴이 보고 싶다고."

"나도 비슷해. 학생 때 친했던 남자애가 있었지 않냐고. 그랬는데 이렇게 슈랑 우연히 만나서 정말 놀랐어."

"나도 엄마한테 비슷한 말을 들었어. 혹시 지금 그 말을 한 것도 그래서?"

"응. 여자는 서른 전에 결혼해야 한다나. 나도 되도록 그러고 싶고. 슈는 어때? 남자는 서른부터가 진짜라고 생각해?"

"그렇진 않아."

서른이 넘은 미혼의 독신남은 우리 학교 선생님 중에도 꽤 있다.

마흔 전에 결혼하는 사람도 그 절반 정도는 있지만, 30대 중반부터 육아하려니 체력적으로 힘들다는 말도 자주 듣게 된다.

내가 나이를 먹을수록 상대의 연령대도 높아지고, 불임 치료에 돈이 많이 든다는 이야기도 있다.

'그런 게 걱정돼서 중년에 결혼하는 것을 꺼리는 면도 있는 것 같지만.'

반대로 일찍 하려는 사람들도 있겠지만, 지나친 정보는 역시 부작용을 낳는 법이다.

"하긴 슈는 마흔이 넘어서 어린 여자랑 놀 것 같은 이미지는 아니긴 해. 선생님이기도 하고. 미안. 이상한 걸 물어서. 요즘 되는 일도 없는데 본가에 왔더니 결혼이니 남자 친구니 하니까 정신이 나갔나 봐."

사가라가 자리에서 일어났다.

"미안. 슬슬 가 봐야겠어. 오늘 이야기는 진지하게 생각해 봐."

"뭐……?"

"서른이 되면 결혼하자는 이야기 말이야. 난 진심이거든♡"

뒤를 돌아보고 장난스럽게 웃는 사가라.
왠지 그 표정은 옛날에 사귀던 시절의 사가라 같았다.

"또 연락할게. 다음에는 서로 좋은 소식이 있으면 좋겠다."

× × ×

할아버지 댁에서 본가로 돌아오는 길, 아버지가 운전하는 자동차 뒷좌석에 혼자 앉아서 사가라와 나누었던 대화를 곱씹어 보았다(참고로 어머니는 조수석에 앉으셨다).
이미 사가라와의 인연은 완전히 끝났다고 생각하고 있었는데.

"그럼 30살이 됐을 때 서로 독신이면, 나랑 결혼할래?"

그런 말을 할 줄이야. 혹시 우리 인연이 아직 끝나지 않은 걸까?
그러나 역시 사가라가 30살이 되도록 독신일 리는 없다는 생각이 든다.

기분 좋아지라고 한 말일 뿐, 사가라가 다음에 연락했을 때는 결혼 소식을 알려 올지도 모른다.

© Shiokoji

원래도 여자에 대해서 잘 모르지만, 사가라에 대해서는 더 모르겠다.

이것도 아야세한테 물어봐야 할까, 묻지 말아야 할까.

"그런 걸 뭘 물어요? 그냥 가지고 노는 거잖아요!"

이런 말밖에 못 들을 것 같다.

여전히 아리송한 마음으로 집에 돌아와서도 고민하고 있는데, TWINS를 통해 새로운 여성이 메시지를 보내왔다.

'메구'라는 닉네임의 여성이었다.

04

『행동하지 않고 후회하는 것보다 행동하고 후회하는 것이 현명하다.』

-마키아벨리

1

"이, 이건……."

나는 메구 씨의 프로필 사진을 보고 충격을 받았다.

아무리 봐도 여고생으로 보였기 때문이다.

'이거 아야세 2탄 되는 거 아니야……?'

당연히 그런 불안감이 뇌리를 스친다.

얼굴은 흔히 말하는 너구리상이라고 해야 하나?

아야세와 방향성은 다르지만, 꽤 귀엽고 어려 보인다.

나이는 24세로 되어 있지만, 10대로밖에 보이지 않는다.

복장도 요즘 유행하는 트렌디한 젊은이 같은 옷차림이다.

'이런 여성이 왜 나한테?'

혹시 이성운이 트였나?

이런 농담은 집어치우고——.

'아, 혹시 이거 때문인가?'

메구 씨는 온라인 액션 슈팅 게임을 좋아한다고 하는데,

나도 최근 그 게임에 빠져 있다고 프로필란에 써 놓았었다.

즉 관심이 같은 것이다.

'하지만 그런 이유로 연결되는 것도 아야세 때랑 같잖아…….'

하지만 다른 여성과도 그랬고, 프로필을 자세히 보니 "로리콘 사절!"이라고도 적혀 있다.

최소한 돈 많은 호구를 노리는 것 같지는 않다.

애초에 그런 목적이면 다른 앱을 쓸 것이고, 물론 이렇게 귀여운 여성이 먼저 연락했는데 답장을 보내지 않는 것도 미안한 일이다. 아니, 있을 수 없는 일이다.

뭐라고 쓸지 고민에 고민을 거듭한 끝에 답장을 보내자 한껏 들뜬 메시지가 돌아왔다.

메시지 감사해여!
아직 매칭 앱이 처음이라
얼마 없는데,
이렇게 인연을 맺게 되어서

너무 기뻐여(≧▽≦)

스탬프도 귀여운 곰이다.

이미지랑 딱 맞는다면 딱 맞다.

소녀답다면 소녀다운 메시지이다.

그로부터 며칠 동안 좋은 분위기 속에서 메시지를 주고받았는데 갑자기 이런 메시지가 왔다.

같이 게임
하지 않으실래여?

이어서 도착한 것은 가슴을 두근거리고 있는 캐릭터의 스탬프와 음성 통화가 가능한 'Discord'라는 앱의 주소였다.

즉 메구 씨와 직접 통화할 수 있다.

그만큼 신용을 얻었다는 뜻이다.

Discord에 등록하자 메구 씨로부터 메시지가 도착했다.

"안녕하세요. 슈 씨, 메구예여."

"처음 뵙겠습니다."

사진이나 메시지로 상상했던 대로 귀여운 목소리였다.

뭐랄까, 발랄한 소꿉친구 같은 느낌이다.

리드하기보다는 리드받는 걸 좋아하는 내 성격과 맞기는 하다.

그리고 우리는 게임을 시작했다.

같이 팀을 짜고, 다른 사람들과도 팀을 짜서 플레이했다.

"슈 씨, 역시 실력이 대단하시네여. SS랭크다워여."

"메구 씨도요. 메구 씨도 SS랭크다우시네요."

그 후로 나흘에 두 번꼴로 아무 일도 없는 밤에 같이 플레이했다. 동시에 보이스 채팅을 하는 사이에 분위기가 무르익자, 메구 씨가 이런 제안을 했다.

"괜찮으시면 다음에 만날까여? 게임만 하는 게 아니라 직접 만나서 이런저런 이야기를 나누고 싶어여."

내가 제안하고 싶었던 참이었는데 오히려 잘됐다.

"물론이죠. 기꺼이 나가겠습니다."

이렇게 해서 데이트가 결정되었다.

단 하나 걸리는 것이 있다.

메구 씨의 나이이다.

그러나 대화에서 느끼기로는 어린애 같은 느낌이 없다.

술 이야기도 나왔다.

그래서 괜찮겠지, 하고 생각하던 중에 아야세가 집에 놀러 왔다.

그리하여 나는 얼떨결에 메구 씨에 대해서 상담하고 말았다.

2

"쌤, 설마 여친 생겼어요?"

집에 놀러 온 긴 흑발의 아야세가 나에게 의심의 눈길을 보낸 데에는 이유가 있었다. 최근 밤에 메시지를 보내면 답장이 늦는다는 것이다.

아야세가 스마트폰으로 게임 하는 내 등 뒤로 돌아와서 헤드락을 걸었다.

"거짓말하면 용서 안 해요. 밤에 갑자기 쳐들어와서 아수라장을 만들어 버릴 거예요."

그건 곤란하다. 물론 게임 중에 이러는 것도 곤란하다.

"실은 앱에서 이 사람하고 연결돼서 같이 게임을 하느라. 다음에 데이트도 하기로 했어."

"ㅇㅇ, ㅇㅇㅇㅇㅇㅇㅇ."

나는 스마트폰을 조작해서 매칭 앱을 켰다. 메구 씨의 프로필을 보여주자 갑자기 아야세가 신음 소리를 내기 시작했다.

"쌤, 이 여자 위험해요!"

"또 뭐가?"

설마, 우려하던 대로 진짜 여고생이라든가?

아니면 뭐, 패션 센스가?

그야, 요즘 말하는 '지뢰계' 복장이긴 한데.

아야세가 위험하다고 했으니 데이트를 그만두는 게 좋을까? 이렇게 불안해지기 시작했을 때였다.

"나이도 있는데 진짜 여고생처럼 보이다니 대단해요. 어려 보이려고 노력하고 있어요. 연예인 같아요!"

아무래도 그런 의미의 '위험'인 모양이다.

"패션도 얼굴이나 이미지랑 딱 맞고, 게이머처럼 보이지도 않고, 이미지도 잘 만들었고."

"일단 프로필상으로는 24살이지만, 아야세랑 처음 만났을 때처럼 속인 것일 수도……."

"그렇진 않을 거예요."

아야세가 단호하게 부정했다.

"엄청 어려 보이지만 목이나 피부를 보면 나이를 알 수 있죠. 본인 말대로 24살이 틀림없어요. 로리콘 사절이라고 써 놓았으니까, 호구를 찾는 건 아닌 것 같네요."

그 말에 나는 안심했다.

'그런 걸로도 알 수 있구나.'

아야세니까 알 수 있는 건가?

아니면 여자라면 보통 그런 걸 알 수 있나?

나는 잘 모르겠다.

"그런데……."

"이번에는 뭔데?"

"이 여자, 어디서 본 것 같은데……."

"같은 샵에서 마주쳤다든가?"

"음, 그럴 수도 있지만…… 뭘까? 게임 방송에서 본 것 같기도."

"그런 건 안 한다고 했는데."

나도 게임 중에 물어본 적이 있었다.

"했더라도 말하지 않겠지만…… 에이, 모르겠다. 생각나면 말씀드릴게요."

아야세의 그 말이 조금 마음에 걸린다.

"모르죠, 여고생처럼 꾸미고 호구를 찾는 위험한 여자일지도. 그런 여자한테는 절대 속으면 안 돼요. 뭐 선생님이라면 그런 건 걱정 없나? 충동적으로 여자를 건드릴 성격도 아니고."

그 믿음은 고맙다……. 고마운가?

실제로 그렇기는 하지만.

"일단 오후에 만나서 차나 한잔 마실 예정이니까, 그럴 걱정은 없어."

"에이, 하려면 오후부터도 할 수도 있죠. 그래서 언제예요?"

"왜? 또 따라오려고?"

"다른 일 없으면요."

"안 그래도 돼."

"하지만 자꾸 걸린단 말이죠."

나는 마지못해 날짜를 알려줬다.

"아, 그날 안 된다. 미용실 예약한 날이에요."

"그럼 안 되겠네. 포기해."

"쌤, 정말 혼자 괜찮겠어요? 예약 날짜를 바꿀까……."

"차만 마시는 건데 별일 있겠어? 정 그러면 당일에 나를 응원해 줘."

"으~~ 데이트는 실시간으로 보고해야 해요! 알았죠?"

한발 물러선 아야세.

이것으로 그날 이야기는 끝났다.

그로부터 며칠 후.

내일 잘 부탁드려여!

메구 씨한테 메시지가 왔다.

혀를 내밀고 있는 스탬프.

저야말로 잘 부탁드립니다.

답장을 보내고, 혀를 내밀고 있는 스탬프도 보낸다.

이번에는 진짜 혼자 나간다.

긴장은 조금 되지만 이번에야말로 잘될 것이다.

그리고 데이트 당일이 되었다.

3

데이트 당일. 과일을 좋아한다고 해서 과일 파르페 전문점으로 정했다. 남자 혼자나 남자끼리는 출입 금지. 여자 손님이나 커플만 들어갈 수 있는 가게이다.

즉 헌팅은 금지라는 뜻이다.

그래서 안에 들어가서 기다릴 수는 없다.

조금 덥지만, 나는 가게 밖에서 기다렸다.

'슬슬 예약 시간인데.'

혹시 바람맞은 건가 하는 생각이 들었다. 운이 좋은 건지 나는 아직 당한 적이 없지만, 매칭 앱에서는 흔한 일이라고 한다.

스승인 하카마다도 몇 번 겪었다고 했다. 악질인 경우는 그 모습을 촬영해서 조롱거리로 삼는다고 한다.

하지만 몇 번 게임을 같이 해 본 경험과 그 느낌으로 볼 때, 그런 건 상상할 수 없다.

어느새 예약 시간까지 1분——.

지각하면 가게에도 미안한 일이니 슬슬 메구 씨에게 메시지를 보낼까, 했을 때였다.

검은 마스크를 쓴 자그마한 여성이 뛰어와서 내 앞에 멈췄다.

"죄, 죄송해여……. 깜빡 늦잠 자는 바람에 준비에 시간이 걸려서——."

양쪽 무릎에 손을 짚고 숨을 몰아쉬는 여성. 물론 그 귀여운 목소리는 귀에 익었다. 옷도 매칭 앱에 올라와 있는 사진과 똑같이 세련되었고, 키도 프로필대로 150cm에 조금 못 미치는 것 같다.

얼굴도 작고 체격도 왜소한 것이 마치 아이돌 같은 스타일이었다.

"앗, 슈 씨져? 직접 뵙는 건 처음이네여. 메구라고 해여."

이렇게 말하고 마스크를 내려 얼굴을 보여주는 메구 씨.

"저도 잘 부탁드립니다. 예약 시간이 다 되었으니 일단 안으로 들어가시죠."

× × ×

우리는 가게에 들어가서 종업원의 안내에 따라 자리에 마주보고 앉았다.

눈앞에서 메뉴를 보고 있는 메구 씨는 몹시 동안이었다. 자칫 여고생으로 느껴질 정도였다.

특히 그중에서도 피라미드 꼭대기에 있는 여학생—— 아이돌이나 라이브 아이돌을 해도 되겠다는 생각이 들 정도이다.

아무리 여자 보는 눈이 없어도, 교사인 내가 그렇게 느낄 정도인데 무슨 말이 더 필요하겠는가.

우리 학교에도 그런 활동을 하는 학생들이 몇 명 있어서 알 만큼은 안다.

참고로 귀여운 것으로 치면 아야세도 귀엽지만, 그것과는 조금 다른 느낌——조금 보이시한 느낌을 주는 여동생이나 소꿉친구의 귀여움이라고나 할까.

그래서 친근한 아이돌에 잘 맞는 것 같다.

"그럼 전 이 특제 과일 파르페로 할게여. 슈 씨는 어떻게 하시겠어여?"

"저도 같은 걸로 하겠습니다."

과일이 듬뿍 올라간 파르페. 무척 맛있을 것 같기도 하고, 아야세도 싫지 않다면 이럴 때는 같은 것을 먹어야 점수를 딴다고 했었다.

"홍차는 어떠세여? 파르페에 어울리는 차가운 음료로 고르려고 하는데."

"그럼 저도 같은 걸로 하죠."

실제로 홍차도 잘 마시므로 따라 했는데, 자칫 주관이 없어 보이는 건 아닐지 걱정이 되었다. 그래서 나는 그것을 만회하기 위해 먼저 화제를 꺼내기로 했다.

"오늘은 직접 만나 뵙게 되어 반갑습니다."

"아, 저도여. 저녁에는 알바나 게임 때문에 바빠서 낮에 만나자고 한 건데, 괜찮으세여?"

"괜찮습니다. 지금 여름휴가 중이라 시간도 많거든요."

"여름휴가요? 굳이 추석 직전에 휴가를 내셨어요?"

“아.”

몇 번 게임을 같이 했다고 초반부터 긴장이 풀렸는지도 모른다.

무심코 여름휴가라는 단어를 쓰고 말았다.

“그 반응은 혹시…….”

메구 씨는 뺨에 검지 하나를 대고 후훗, 하고 웃더니 이어서 장난스러운 웃음을 지었다.

“알았다. 프로필에도 공무원이라고 되어 있던데, 슈 씨 선생님이세요?”

“헉…….”

실언하긴 했지만, 설마 이렇게 금방 들킬 줄이야.

얼버무려 봤자 딱히 의미가 없을 것 같다.

그래서 어색하게 웃으면서도 솔직히 대답하기로 했다.

“하하하, 정답입니다.”

“오예♪ 맞췄다!”

기뻐하며 손뼉을 치는 메구 씨.

“뭔가 게임을 하면서 대화할 때도 그런 느낌이 들었어여. 왠지 학교 선생님이 생각나더라고요.”

“그, 그랬습니까…….”

그것은 연애에 좋은 것일까 나쁜 것일까.

오히려 마이너스인 것도 같은데…….

“그럼 반대로 질문할께여. 제 직업은 뭐일 것 같아여?”

"앗."

갑작스러운 질문에 당황했다.

"프로필란에는 프리터라고 되어 있었죠?"

"하지만 프리터에도 여러 가지가 있잖아여. 뭐일 것 같아요?"

씩하고 장난스럽게 웃는 메구 씨.

그 귀여운 얼굴을 보면서 "음"하고 생각한다.

"혹시 아이돌?"

"헉?!"

농담으로 말해 봤지만, 순간 놀란 표정을 짓는 메구 씨.

참고로 라이브 아이돌이나 스트리머 등 아이돌에 준하는 활동을 하는 사람 중에도 매칭 앱을 하는 사람이 있다고 들었는데…… 설마?

"메구 씨는 그만큼 귀여우시니까요……. 목소리도 성우나 뭐 그런 느낌이고요."

"어머~, 그런 말을 들으니까 너무 부끄러워여~. 라이브 아이돌 같다는 말은 들은 적도 있지만여. 하지만 아이돌이라면 프리터라고 하지 않지 않을까여?"

"그건 그렇네요."

나도 따라 웃는다.

왠지 분위기가 어색해졌다.

"참고로 컨셉 카페에서 일하는 건 아니에여. 메이드나

버츄얼 유튜버라는 말도 자주 듣지만, 아니에여."

"아, 그럼……."

"타임 오버. 평범한 음식점이에여. 가끔 라이브의 스태프로도 일하고여. 뭐게여?"

"음, 옷도 잘 입으시는 걸 보니 의상 계통?"

"하하하, 그랬져. 그런 것도 한 적 있어여. 그래도 역시 메이드 같은 거였으면 좋겠다고 생각하세여?"

그 말에 메이드복을 입은 메구 씨의 모습을 상상해 본다.

분명 메이드복이 잘 어울릴 것 같다.

청순가련한 느낌은 없지만, 오히려 메이드복을 입으면 평소의 친구 같은 느낌과 갭이 생길 것 같은 타입이다.

가게의 종업원이라면 말 걸기도 쉬워서 아주 좋을 것 같다.

"저도 메이드 같은 건 좋아하지만 어디까지나 2차원 공간에서만 그렇습니다……. 현실과는 달라서 실제로는 그다지……."

마이마이 씨의 일도 뇌리를 스쳐서 이렇게 대답했다.

코스어라면 이제 지긋지긋해서 오히려 그렇지 않다는 대답을 듣고 싶었던 것도 있다.

"그럼 여고생은 어떠세여?"

이어서 던져진 질문.

그 질문에 나는 말문이 막히고 말았다.

"아 그건 좀…… 교사로서 윤리적으로 그건 곤란합니다만."

"아, 그 반응, 즉 슈 씨는 고등학교 선생님이신 거예요?"

"윽……."

또 실언했다.

"그 반응. 정답인가 보네여. 혹시 그래서 경계하셨어여? 나이를 속인 것 아니냐는 말도 자주 듣거든여. 여고생 같다고. 그래서 나이 많은 로리콘들도 많이들 접근해여."

"그래서 프로필에 그렇게 쓰신 거군요."

로리콘 사절 말이다.

"슈 씨는 아니시져?"

슬쩍 의심의 눈길을 보낸다.

"다, 당연하죠. 그래서 이렇게 결혼 활동을 하고 있지 않습니까……."

순간 아야세의 모습이 뇌리를 스쳤다.

별로 로리콘 타입은 아니지만…….

일반적으로 보면 사회인 남성이 여고생을 건드린다면 로리콘이라는 말을 들어도 어쩔 수 없는 것이다.

"그렇져. 슈 씨는 다정한 사람 같고, 제자를 건드릴 사람으로는 안 보여요. 전 그런 로리콘은 최악이라고 생각해요."

열변을 토하는 메구 씨.

진심으로 그런 남자를 혐오하는 모양이다.

"하하…… 당연하죠. 교사 입장에서도 그렇게 생각합니다."

"그렇죠~."

서로 소리 내어 웃는다.

'뭔가 떠보는 것 같은데…….'

내가 여고생을 노리는 변태 로리콘이라고 생각해서 확인한 것일까?

하지만 그것은 반대로 말하면 진짜 사랑을 찾고 있다는 뜻인지도 모른다.

"그런데 슈 씨는 어떻게 TWINS를 하게 되셨어여?"

이어진 질문에 나는 역시 질문의 의도가 내가 생각한 것과 같구나 하고 확신했다.

나는 그 이유를 설명했다.

친구가 매칭 앱을 계기로 약혼했다는 것.

그때 나도 슬슬 결혼할 나이라고 생각했고, 이대로 교사로서 똑같은 하루하루를 보내면 여성을 만날 기회도 별로 없고, 애인도 생기지 않는다고 생각했다는 것 등등.

"그렇군여. 저도 선생님은 바쁘다고 들었어여."

"메구 씨는 어떻게 하게 되셨습니까?"

"음, 저도 비슷해여. 기본적으로 집순이인데, 친구가 앱으로 남친을 만들었다고 해서……. 그리고 공부 겸 시작한 것도 있어여."

© Shiokoji

"공부요?"

"다른 사람하고 만난다는 것은 저한테는 공부 같은 것이거든여. 내가 어떤 사람을 좋아하고 싫어하는지, 다른 사람의 기분은 어떤지 같은 걸 잘 몰라서여. 다양한 사람과 만나서 그것을 이해하기 위해서랄까…… 뭐 그런 거예여."

그 대답까지 포함해서 꽤 특이한 사람이라는 생각이 든다.

종잡을 수가 없다.

"아, 하지만 슈 씨하고 이렇게 만나고 보니, 뭐 그전부터 그랬지만, 진짜로 좋아졌어여. 제가 이렇다 보니까 그 반동으로 옛날부터 성실한 사람을 좋아했거든여……."

쑥스럽다는 듯이 머리를 긁적이며 웃는 메구 씨.

그러더니 가방에서 스마트폰을 꺼낸다.

"괜찮으시면 다음에 또 같이 게임은 물론이고, 또 만나지 않으실래여? 같이 술도 마시러 가여. 그러면 서로 간에 더 솔직하게 대화를 나눌 수 있을 것 같아여. 우리 LINE 주소 교환해여. 이미 Discord 계정도 교환했으니 새삼스럽지만."

"무, 물론입니다!"

나는 메구 씨가 띄운 QR코드를 읽었다.

LINE은 Discord보다 더 프라이빗한 느낌이라 관계가 진전된 기분이었다.

"그런데 메구 씨, 그거……."

친구 등록을 마쳤을 때, 메구 씨의 스마트폰 배경화면이 눈에 들어왔다.

《스텝×스텝》이라는 걸 밴드 애니메이션의 캐릭터이다.

"아, 아시네여? 스텝×스텝 엄청 좋아해여. 혹시 슈 씨도 좋아하세여?"

"네, 나름……."

사실은 아야세가 좋아하는 밴드 애니메이션이다.

그래서 나도 강제로 본 것이다.

"그럼 마침 좋은 게 있어여! 다음 주 라이브에 같이 가실래여?"

"네? 하지만 그런 티켓은 경쟁률이 엄청나지 않나요?"

"라이브 횟수가 많아서 그렇게까진 아니에여. 그리고 같이 가기로 했던 친구가 못 가게 됐거든여. 그래서 저녁 티켓이 한 장 남아여. 그러니까 같이 가여."

"그, 그렇다면, 그러시죠!"

나와 메구 씨의 첫 데이트는 이렇게 끝났다.

마지막에 다음 데이트 날짜를 정한 것이다.

4

혹시 이거 엄청나게 잘 풀리고 있는 거 아닐까?

짧은 데이트였지만 첫 데이트치고는 완벽했던 것 같다.

다음 데이트도 약속했다. 바로 좋아하는 걸 밴드 《스텝×스텝》의 라이브다.

너무나 기대된다.

오랜만에 그런 설레는 가슴을 안고 집으로 돌아오자, 아야세로부터 메시지가 왔다.

나는 현실로 돌아왔다.

데이트 어땠어요?

'나쁘지는 않았다'고 답장을 보내자 잠시 뒤 다시 메시지가 왔다.

잘됐네요!

이런 메시지와 함께 셀카가 전송되었다.

이건 왜 보냈지? 싶어 물어보았다.

머리 커트했으니까 칭찬하세요 💢

그러자 이런 메시지와 함께 스탬프가 도착했다. 그리고 추가 메시지도 날아온다.

여기 끝나면
자세히 들으러 갈 테니까
나중에 머리도 제대로 칭찬할 것.

하지만 오늘은 완벽했다고 생각하고, 아야세에게 상담할 것도 없다.

'그냥 머리 자른 것도 보여주고 싶고, 칭찬받고 싶을 뿐인지도…….'

그리고 저녁, 아야세가 집으로 찾아와서 나는 데이트의 반성회를 하게 되었다.

× × ×

시간은 되돌아가서 조금 전.

'슈'와 '메구'의 첫 데이트가 끝난 후.

저녁에 수많은 사람으로 붐비는 거리를 메구, 그러니까 '키타가와 에미'가 걷고 있었다.

그녀는 손으로 스마트폰을 조작하고 있었다.

화면은 LINE이었다.

미션 완료!

이런 문자를 송신한다.
그리고 이어서 이렇게 보냈다.

전화 걸어도 돼여?

1이 없어지고 곧 'OK'를 의미하는 귀여운 스탬프가 돌아왔다.
에미는 LINE으로 통화를 요청한다.
벨소리가 두 번쯤 울린 후 상대가 받았다.

"아, 유우링, 안녕하세여. 아까도 썼지만, 지금 막 데이트가 끝났어여. 소감이여? 무사히 다음 데이트 약속도 잡았어여——."

× × ×

메구 씨와의 첫 데이트에 대한 반성회.
집으로 찾아온 아야세의 헤어스타일을 칭찬한 후, 나는 데이트 중에 있었던 일을 보고했다.
"허, 다음 데이트 약속까지 했어요? 잘됐네요! 거기다 라이브라니! 그런데 무슨 라이브예요?"

"…………."

"왜 대답을 못 해요? 눈 피하지 마세요."

"그게 스텝×스텝이래."

"허? 스텝×스텝? 나도 갈래요!"

역시 좋아하는 애니메이션인 만큼 예상했던 반응이었다.

"그런데 티켓은요? 그거 쉽게 구할 수 없을 텐데!"

"메구 씨가 예매했는데, 같이 가기로 했던 친구가 못 가게 됐대. 그래서 나한테 같이 가자고 한 거야."

"으~, 그래요?"

아야세는 이렇게 말하면서 스마트폰을 만지고 있었다. 스텝×스텝의 라이브 티켓을 확인하고 있는 것 같다.

"오후 꺼요? 저녁 꺼요?"

"저녁 꺼……."

"음, 저녁 건 지금은 리셀도 없네. 그렇다면 옥션에 올라오는 걸 사야 하나……. 돈은 좀 들겠지만……."

"그렇게 가고 싶으면 예매하지 그랬어."

"그런 게 아니라, 쌤이 간다니까 저도 가고 싶어졌어요! 저도 좋아하는데 쌤만 가는 건 치사하잖아요. 거기다 올스탠딩이니까 가까이에서 감시하기도 쉽잖아요? 역시 옥션에서 낙찰받아야겠다……."

"그렇게까지 안 해도 돼. 오후 공연을 예매할 수 있으면 오후 공연에 가면 되잖아."

"에이~, 쌤을 감시하지 않으면 의미 없죠. 그럼 오후 공연은 저랑 가면 어때요? 오후 공연은 연석이고 정가 리셀도 있으니까 예행연습이다 생각하고."

"사전에 나이트풀에 가는 거랑은 차원이 달라. 공연을 연속으로 두 번 봤다가는 쓰러지고 말 거야."

수업 때문에 1시간 가까이 서 있는 것은 익숙하지만, 평소 운동하고는 담을 쌓은 것이다. 라이브라면 시간도 더 길 텐데 오후 공연과 저녁 공연을 연속으로 보았다가는 몸이 버틸 수 없을 것 같다.

"흥, 알았어요."

그러고는 입술을 삐죽 내밀더니 이렇게 말한다.

"단, 충고 하나 할게요. 스텝×스텝은 전부 귀여운 소녀잖아요? 그거 보는 데 정신이 팔려서 누구랑 같이 있는지 잊어버리면 안 돼요."

"그 정도는 나도 알아."

"그리고 라이브가 끝난 다음에는……. 음, 아니에요. 쌤이라면 그런 일 없을 거예요."

"? 뭔데 그래?"

"아니라고요!"

갑자기 벌떡 일어나더니 내 등 뒤로 돌아가서 나를 껴안는 아야세.

"뭐, 뭐야 갑자기!"

참고로 상담은 여기서 끝났다.

"그럼 쌤, 게임해요."

메구 씨와도 하는 대전 액션 슈팅 게임을 아야세와 플레이한다.

아야세는 게임이 능숙하지 않아서 연습도 되지 않고 랭킹을 올리는 데도 도움이 안 되지만.

뭐 즐거우니까 상관없다.

그리고 주말──.

라이브 날이 찾아왔다.

5

라이브 하우스 앞에 입장 대기줄이 길게 늘어선 가운데, 나는 메구 씨와 합류했다.

매칭 앱의 프로필과 똑같은 느낌의 복장이다.

스텝×스텝의 라이브 관객층에 꽤 어울리는 느낌으로, 비슷한 복장의 여성들도 많았지만, 내 눈에는 그중에서도 메구 씨가 가장 귀여워 보였다.

"참, 굿즈 어떻게 하실래여? 슈 씨, 펜라이트나 야광봉 있으세요? 킹 블레이드 같은 거."

"키, 킹 블레이드요? 그런 거 없는데……."

"앗, 그건 무조건 있어야 해여. 전 팸플릿도 갖고 싶으니까 같이 줄 서요!"

라이브 입장 직전이라 품절된 굿즈도 많았다. 사전 판매도 있었는지 오래 기다리지 않고 금방 살 수 있었다.

"좋아요, 이제 완벽해여!"

그 후 메구 씨에게 돈을 주고 티켓을 받자 마침 입장 순서대로 번호를 부르기 시작했다.

우리는 그에 맞춰서 질서 있게 공연장에 들어갔다.

입장료와 별도로 음료 한 잔분의 요금을 내는 시스템이지만 올 스탠딩이라 먼저 자리를 확보하는 것이 우선이다.

티켓은 앞번호였지만, 이미 앞쪽은 사람으로 가득했다.

그러나 공연장 중앙쯤에 둘이 나란히 설 수 있는 자리를 확보했다. 나는 물론이고 메구 씨도 첫 라이브 하우스인지라 사전에 내부 구조를 찾아보았었다.

둘이 게임 중에 이야기를 나누면서 노렸던 위치이다.

"잘 보이는 자리라 다행이에여. 전 키가 작잖아여."

라이브 하우스는 살짝 경사가 져 있고, 몇 개의 통로와 칸막이가 있다. 그 통로를 만들기 위한 칸막이 바로 앞이라 앞사람의 키가 커도 메구 씨는 무대를 볼 수 있었다.

그런 다음 교대로 음료를 받으러 다녀오는 사이에 관객들이 라이브 하우스로 점점 들어왔다. 보아하니 관객층의 남녀 비율은 7:3 정도였다. 커플보다는 남자끼리, 여자끼리가 많은 듯했다.

나는 남녀 커플로, 그것도 이렇게 귀여운 여성과 같이 라이브에 왔다는 것에 살짝 우월감을 느꼈다——.

"곧 시작이에여. 정말 떨리네여~."

모니터에 나오는 스텝×스텝의 광고 영상. 예고편처럼 흘러나오는 캐릭터들의 영상에 이어서 곧 라이브가 시작되었다.

가장 인기 있는 애니메이션의 오프닝 곡이 흐르자 장내가 후끈 달아올랐다. 메구 씨는 펜라이트를 신나게 흔들고 있다.

'그러고 보니 메구 씨는 클럽도 다닌다고 했었지?!'

물론 나는 그런 곳에는 가 본 적이 없다.

별로 좋은 이미지는 없지만, 그건 나이트풀도 그랬다. 가 보지 않고는 모른다. 메구 씨랑 함께라면 더 즐거울 것도 같다.

'다음에 같이 가자고 해 볼까?'

내가 먼저 그런 제안을 해 본 적은 별로 없지만, 메구 씨한테라면 그럴 수 있을 것 같았다.

눈치 보지 않고, 무리하지 않고 사귈 수 있는 친구 같은 여성. 연인——아니, 평생의 반려자로서는 그런 사람이 좋을지도 모른다는 생각이 든다.

이렇게 이상형을 알아가는 것도 매칭 앱을 통한 데이트

의 장점이리라.

'그런데 좀 어렵네…….'

처음이기도 해서 펜라이트를 리듬에 맞춰 흔들기가 어려웠다.

참고로 옆에 있는 메구 씨는 딱딱 맞다.

무척 즐거워 보이고——엄청 귀엽다.

"슈 씨, 손, 멈췄어여."

메구 씨가 갑자기 지적한다.

"아하하, 생각보다 곡에 맞추기가 어렵네요……."

"이런 건 맞추는 것보다는 기세예여! 일단 흔드세여! 즐기지 못하면 손해예여!"

그 말에 나는 다시 펜라이트를 흔들기 시작했다.

6

앵콜까지 해서 약 2시간의 라이브가 끝났다.

진행은 줄이고 연주를 늘린 덕분에 메구 씨와 신나게 흔들다 보니 녹초가 되었다.

"그럼 나갈까여?"

이렇게 말하는 메구 씨는 땀에 흠뻑 젖은 모습이 무척 섹시했다. 나는 심장을 두근거리면서도 동의했다. 수많은 관객과 함께 진행요원의 유도에 따라 홀을 나가고 있을 때였다.

“정말 좋은 라이브였져! 즐거웠어여!”

빽빽한 인파 속에서 후끈 달아오른 피부가 맞닿을 듯한 거리에서 이렇게 말하는 메구 씨는 어쩐지 매우 흥분한 상태였다.

“듣고 싶었던 곡도 전부 불러 줬고. 슈 씨도 처음부터 끝까지 신나셨져? 특히 7화의 삽입곡! 떼창도 하시던데요.”

“이런 건 처음이라 좀 부끄러웠지만요.”

“하지만 즐거우셨다니 다행이에여. 겨울 투어도 이곳에서 한다고 하니까 다시 꼭 같이 와여!”

그 말을 들은 순간, 나는 침을 꿀꺽 삼켰다.

겨울까지 이런 관계가 지속된다면 그것은 분명 메구 씨가 내 여자친구가 되어 있다는 뜻이다.

“슈 씨?”

“아, 네. 꼭 그렇게 해요!”

이렇게 대답한 후, 내가 식사라도 하러 가자고 말하려고 했을 때였다.

“어머, 메구잖아!” 어떤 목소리가 들렸다.

“켁!” 개구리 울음소리 같은 비명을 지르는 메구 씨.

이어서 그녀는 “도망가여” 하더니 내 손을 잡았다.

그리고 내 팔을 잡아당기다시피 하며 냅다 달리려고 했지만——.

"놓칠 수 없지☆" 우리는 세 명의 여성에게 에워싸이고 말았다.

앞에 서 있는 사람은 로리타 패션의 키 큰 여성.

나머지 두 사람은 보이시한 복장에 모자를 쓴 여성과 갸루 패션을 한 여성이었다.

세 사람 모두 메구 씨와 비슷한 나이대로, 하라주쿠 등지에 있을 것 같은 느낌—— 즉 메구 씨의 친구로 보이는 느낌이다.

"메구도 스텝×스텝의 라이브 보러 왔구나. 그런데 이 사람은 누구?"

보이시한 복장의 여성이 묻는다.

"설마 또 새 남친~?"

이어서 질문한 것은 갸루 복장의 여성이다.

양손의 검지로 나를 가리킨다.

어떻게 해야 할지 난감해하며 메구 씨의 얼굴을 보니, 불안한 표정으로 나를 빤히 쳐다보고 있었다. 나에게 대답을 재촉하는 느낌이다.

역시 남자친구라고 밝혀서 그녀를 지키는 것이 좋을까?

아니면 그냥 친구라고…….

내가 망설이자, 메구 씨가 얼버무리듯 이렇게 말했다.

"아니, 아니에여~! 그냥 친구예여~! 슈 씨, 그럼 또 봐여. 전 이 세 사람하고 할 말이 있어서."

그러고는 세 사람의 등을 떠밀다시피 하며 인파 속으로 사라졌다.

라이브가 끝난 후의 식사, 기분이 고조된 채로 그다음에는—— 이런 생각을 하지 않았던 것도 아니고, 분위기도 좋았다고 생각한다.

스포츠 관전이나 라이브 관람 후 흥분된 상태로 고백해서 첫 경험에 성공했다는 것은 매칭 앱 사이트에서도 흔히 볼 수 있는 체험담이다.

하지만 그럴 가능성이 지금 와르르 무너져 버렸다.

게다가 "또 새 남친?"이라고 말한 것도 신경 쓰인다.

'또'라는 말을 들을 정도로 메구 씨는 애인을 갈아치우고 있는—— 즉 남성 편력이 심한 이미지일까?

"하아……."

즐거운 라이브였는데 왠지 지쳐 버렸다.

그래서 한숨을 푹 내쉬고 있는데 누가 등을 쳤다.

"쌤, 뭘 그렇게 풀이 죽었어요?"

"아야세?!"

뒤를 돌아보자, 그 목소리의 주인은 머리를 갈색으로 염색한 소녀 모드의 아야세였다.

나는 아야세가 왜 이곳에 있나 하고 눈을 깜빡거린다.

"저도 왔지요. 거의 마지막에 입장했어요. 어제 리셀로 정가에 샀거든요."

"……어디에서 우리를 보고 있었던 거야?"

"거의 마지막 입장이라 라이브 하우스 안에서는 못 찾았고요……. 본 건 모르는 여자들에 둘러싸이는 장면부터. 쌤을 빨리 발견했으면 그쪽에 신경 쓰느라 라이브도 제대로 못 즐겼을 테니까 그건 그것대로 다행이지만. 베이스의 유짱 너무 멋있었죠!"

"아, 응……."

일단 아야세가 신나게 즐긴 것은 분명한 듯하다. 게다가 나도 베이스를 맡은 유짱이 최애이고, 확실히 멋있긴 했다.

"무슨 일이 있었던 건지는 차차 들을게요. 이왕 왔는데 밥이나 먹으러 가요. 가고 싶은 식당이 있거든요."

나는 혹시 나를 찾지 못하더라도 이 근처에서 맛있는 식사를 할 생각이었던 아야세를 따라서 그 식당에 가게 되었다.

× × ×

가고 싶었다는 식당은 스테이크 하우스였다.

조금 비싸기는 하지만 라이브를 관람하느라 지치기도 해서 나는 300g짜리 스테이크를 주문하기로 했다. 물론 샐러드와 밥과 수프도 같이.

"음, 이건 저도 쌤이 잘못하신 것 같네요."

라이브가 끝난 후에 일어난 일에 관해서 설명하자, 아야세가 이렇게 지적했다.

거기서 "애인이다"라고 분명히 말했으면 아야세와 이렇게 식사하는 일은 없었지 않았을까 하는 내 생각은 틀리지 않았던 것 같다.

"여자라면 누구나 그렇게 말해 주길 바랐을 거예요. 그런 신호 같은 거 보냈죠?"

"솔직히 잘 모르겠어."

불안한 표정으로 눈을 쳐다봤던 것도 같다.

그래서 그렇게 생각한 것도 사실이지만…….

"그리고 처음 사진을 봤을 때 남성 편력이 심할 것 같다는 생각도 들었는데, 뭐 얘기를 들어 보니 예상대로일지도 모르겠네요. 실은 진짜 남친이 따로 있다거나? 제가 또 조사해 드릴까요?"

"아니, 그건……."

"왜요? 필요 없어요? 벌써 식은 거예요?"

"저쪽이 식었을지도 모르지……. 나중에 문자를 보내고 상황을 봐야겠어."

"쌤, 왜 이렇게 기운이 없어요? 혹시 오늘 끝까지 갈 생각이었어요?"

"아직 고백도 안 했는데 무슨 소리야! 일단 고기 먹어, 고기."

당황하는 나를 보고 왠지 아야세는 깔깔 웃는다.

"역시 쌤은 쌤이네요."

"뭐야 그게?"

참고로 아야세의 고기는 내 절반인 150g짜리다. 밥도 절반이지만, 디저트와 홍차가 나온다.

내 디저트는 작은 아이스크림과 홍차뿐이다.

그것들을 둘이 깨끗이 먹어치운 후 역에서 헤어졌다.

집에 가는 길에 메구 씨한테서 메시지가 도착했다.

무슨 내용일까?

헤어지자는 내용일 가능성도 있기 때문에 이 상황에 무작정 기뻐할 수만은 없다.

두근두근, 긴장하면서 메시지를 확인했다.

이상한 일에 휘말리게 해서,

오늘은 죄송했어여<(__)>

괜찮으시면 사과하고 싶은데
다음에 같이 축제 가실래여?

이어서 날짜가 적혀 있다.

이것을 보고 나는 안심하는 동시에 기쁨으로 마음이 벅찼다.

나와 메구 씨의 관계는 아직 끝나지 않은 모양이다.

오히려 같이 여름 축제에 가자고 하다니.

여름의 데이트 하면 여름 축제.

전형적인 데이트일 것이다.

그러나 사가라와 사귈 때는 입시 공부를 하느라 바빠서 여름 축제에 가지 못했기 때문에 아직 인생에서 해 보지 못한 일 중 하나이기도 했다.

'같이 원격으로 게임도 하고 라이브에 여름 축제도 가다니, 메구 씨하고는 새로운 경험만 하게 되는 것 같아…….'

전 남친이 많건 남성 편력이 심하건 아무 상관없다. 여름 축제라는 일대 이벤트에 내가 선택되었다고 생각하니 너무나도 기뻤다.

그때 앞의 실수를 만회해야지!

'아야세한테는…… 비밀로 하자.'

오늘처럼 따라오면 방해만 되고, 쓸데없는 것을 조사하기 시작할 것 같다. 연애를 즐기기 위해서는 상대에 대해 몰라도 되는 것도 많을 것이다.

그런 것을 알아가는 것도 즐거움의 하나이니까.

지금의 상황을 마음껏 즐기자!

지금까지의 경험을 통해 그런 여유가 생기는 것도 사실이었다.

나도 조금은 성장한 모양이다.

그리고 여름 방학의 마지막 주.

축제 날이 찾아왔다.

『여자는 대단히 완성된 악마이다.』

-빅토르 위고

1

매미 소리도 다소 잦아들고 저녁이 되면 시원해지기 시작한 여름의 끝 무렵. 약속 장소는 여름 축제가 열리는 바다 근처의 역이었다.

조금 일찍 도착해서 붐비는 역 한 구석에서 소셜 게임의 일일 미션을 하고 있는데, 메구 씨가 말을 걸었다.

"슈 씨, 오래 기다리셨져?"

"앗."

스마트폰에서 눈을 떼고 메구 씨를 본 나는 깜짝 놀랐다. 그녀가 평소의 검은 의상이 아니라 유카타를 입고 있었기 때문이다.

"메구 씨…… 왜 그런 복장을……?"

"아하하, 축제라서 힘을 좀 줘 봤져……. 이런 옷 오랜만에 입는데, 어때여? 어울려여?"

"아, 엄청 어울리고, 엄청 귀엽습니다."

나이보다 훨씬 어려 보여서 평소보다 더 고등학생——이 아니라 조금 나이 차이가 나는 여동생처럼 보일 정도다.

전통 의상을 입어서인지 평소에 비해서 훨씬 청순가련해 보이고 보호 본능도 자극한다.

"그, 그래여? 에헤헷…… 새삼스럽게 그런 말을 들으니 부끄럽네여~."

볼을 발그레하게 물들이고 헤헤 웃으며 머리를 긁적이는 메구 씨. 부끄러워하는 것 같지만 좋아하는 것도 같다. 틀림없이 점수를 땄으리라.

'이런 말을 할 줄 알게 된 것도 다 아야세 덕분이겠지.'

그러는 나도 엄청 부끄러운 것은 여전하지만. 하지만 이런 기분이 드는 것도 연애하는 느낌이라 나쁘지 않다.

"슈 씨도 미용실 다녀오셨어여?"

"실은 그렇습니다."

"혹시 오늘이 데이트라서여?"

"아하하, 정답입니다."

오늘의 축제 데이트를 위해 힘을 주고 온 것을 들켜 버린 듯하다.

"어쩐지. 엄청 단정하고 멋있어여♡"

"가, 감사합니다……."

매우 쑥스럽다.

하지만 기뻤다.

학교에서 학생들에게 "선생님, 이발하셨어요?"라든가 "너무 짧아요~" 같은 말은 들어 봤지만, 멋있다는 말은 별로 들은 적이 없기 때문이다.

"그럼 갈까요?"

나는 하늘이 주홍빛으로 물들기 시작하는 가운데 축제날답게 수많은 등롱이 매달려 있는 상점가를 바다 쪽을 향해 걸어간다.

"벌써 북적거리니까 축제 느낌 제대로 나네여~."

확실히 그렇다.

상점가에도 노점상들이 나와 있고, 역처럼 수많은 사람으로 붐비고 있다. 그 가운데를 축제의 중심지인 바다 쪽을 향해 인파에 섞여서 걷고 있을 때였다.

"참, 요전에 있었던 일 말이에여~."

나란히 걷던 메구 씨가 라이브 때 있었던 사건에 대해서 말하려는 모양이다.

"정말 죄송했어여. 갑자기 이상한 일에 휘말리게 해서."

"죄송은요. 메구 씨도 그런 곳에서 친구를 만날 거라고는 예상 못 하셨을 텐데. 메시지로도 여러 번 사과하셨잖아요. 괜찮습니다."

()人<;) 이런 이모티콘과 스탬프도 마구 날아왔었다.

"그럼 다행이고여. 슈 씨는 정말 다정하시네여."

바다가 가까워질수록 노점상이 많아졌다. 이대로 계속 사람이 늘어나면 인파에 떠밀려 메구 씨와 떨어지게 될지도 모른다. 그래서 손을 잡을까 말까 망설이고 있는데 메구 씨가 먼저 나에게 팔짱을 끼면서 몸을 밀착해 왔다.

"메구 씨?!"

"이렇게 하면 떨어지지 않을 거예요♡"

"그, 그렇네요."

상당히 적극적인 메구 씨의 행동에 심장이 두근댄다.

그때 뇌리를 스친 것은 전에 LINE으로 통화했을 때, 스승인 하카마다가 했던 말이다.

그런 사이트에서 알게 된 사이라도 세 번째 데이트 때는 고백하고 마지막까지 가는 경우가 가장 많다는 것이었다.

메구 씨와 직접 만나는 것은 이번이 세 번째이다.

거기다 오늘은 여름 축제.

둘이 축제를 즐기고, 불꽃놀이를 감상하고, 그런 후에 둘이 밤하늘에 불꽃놀이를 쏘아 올리는 경우도 많다고 스승인 하카마다는 말했었다.

그런 만큼 자꾸만 의식하게 되는 것은 어쩔 수 없으리라.

"아, 슈 씨, 슈 씨! 저기 좀 보세여. 솜사탕이에여! 폭신폭신한 솜사탕!"

"드실래요?"

"네! 그래야 축제죠!"

그리고 우리는 여름 축제를 한껏 즐겼다.

같이 볶음면도 먹고 타코야키도 나눠 먹고 사격으로 과자도 땄다.

© Shiokoji

"라무네를 마시는 게 대체 몇 년 만인지! 중학교 이후로 처음일지도 몰라여! 그 시절이 생각나는 것 같네여!"

마시고 있으니 정말 그 시절로 돌아간 듯한 기분이 든다.

하지만 당시의 나라면 이러지 못했을 것이다.

사가라와 하굣길에 군것질한 적은 있지만 여유가 전혀 없었고, 여자를 대하는 것도 서툴렀고, 너무 성실했다.

게임을 통해 여자랑 친해지는 일은 절대로 없었을 것이다.

연애하려면 어느 정도의 여유와 적당함—— 그리고 불성실함도 필요할지 모른다.

이렇게 생각한다는 것은 어른이 되었다는 뜻일까?

옛날의 나에게는 분명 더러운 어른이라고 욕을 먹겠지.

그렇게 한창 축제를 즐기고 있을 때.

펑펑펑! 소리가 들렸다.

"이 소리는……."

"아마 불꽃놀이가 시작되기 전에 쏘는 신호탄일 겁니다. 주위에 있는 배들에 대한 교통 통제 같은 경고의 의미도 있죠."

"역시 슈 씨는 선생님이라 박식하시네여."

"하하하, 하지만 저보다 메구 씨가 아는 건 더 많을 것 같은데요……. 그보다, 가고 싶은 곳이 있어요. 불꽃놀이가 아주 잘 보이는 곳이죠."

그것은 인터넷으로 검색한 곳이다. 신사가 있는 이 근방의 산을 조금만 올라가면 불꽃놀이가 잘 보이는 특등석이 있다고 한다.

스마트폰의 지도 앱을 켜고 그곳을 메구 씨에게 보여준다.

“여기서 10분만 가면 있어요. 그렇게 경사가 심한 길도 아니니까 지금 신으신 조리(일본식 샌들)로도 문제없을 겁니다.”

야트막한 산 정상에 있는 신사로 향하는 길. 그러나 도중에 숲으로 난 오솔길로 빠지면 바다가 보이는 절벽이 있다.

그곳이 불꽃놀이를 보기 위한 최적의 스폿이라고 한다.

메구 씨의 손을 이끌고 당도한 곳은 인터넷으로 검색해도 나오는 장소이니만큼 나름대로 사람이 있었지만, 잘하면 가장 앞에서 불꽃놀이를 볼 수 있을 것 같았다.

도착하고 얼마 지나지 않아 펑펑 소리가 울리더니 곧 하늘에 꽃이 피기 시작한다.

“예쁘네여…….”

“정말 이곳에서는 잘 보이는군요.”

무척 아름다운 불꽃들.

그것을 보느라 도중에 알았지만, 주위도 커플들뿐이다.

대부분 손을 잡고 있다.

“슈 씨, 고마워여.”

그 말에 옆을 본다. 바람에 살랑이는 머리카락. 불꽃에 비친 메구 씨의 옆얼굴은 무척 귀엽고 아름다웠다──.

불꽃과 그 옆얼굴을 번갈아 쳐다보는 사이에 어느새 클라이맥스에 이르러 있었다. 마지막으로 형형색색의 꽃이 밤하늘을 가득 수놓으면서 불꽃놀이는 끝났다.

"축제에 오자고 한 건 전데 이런 곳에서 이렇게 예쁜 불꽃놀이를 볼 수 있게 해 주시다니. 정말 최고였어여."

"그렇게 좋아해 주시니 다행입니다."

"보답으로, 아직 9시니까…… 한잔하러 가는 거 어떠세여? 괜찮은 술집을 아는데——. 제 친구가 하는 곳이지만."

메구 씨가 몸을 밀착해 온다.

이후의 전개가 머릿속을 스친다.

어제 스승 하카마다가 했던 말이 뇌리를 스친다.

세 번째 데이트가 첫 잠자리까지 갈 확률이 가장 높다는 둥 불꽃놀이가 끝난 후에 둘이 밤하늘에 불꽃놀이를 쏘아 올린다는 둥 하는 이야기이다.

술이 들어가면 그 가능성은 훨씬 높아질 것이다.

'하지만 가자는 곳은 메구 씨의 친구가 하는 곳인데.'

그러나 친구 가게에 나를 데리고 간다는 것은 내가 그녀의 영역 안으로 더 들어갔다는 뜻이다.

그건 기쁜 일이지만, 과연 그런 곳에서 무슨 일이 일어날까?

데이트 경험이 별로 없는 나로서는 잘 알 수 없었다.

2

"꽤 세련된 바네요."

외관부터 제대로 된 정통 유럽식 바다.

문이 열리자 도어벨이 딸랑딸랑 울렸다.

"안녕하세여~."

친구 가게라더니 역시 단골인지 익숙하게 인사하면서 들어가는 메구 씨.

실내도 외관처럼 정통 유럽식이다. 카운터가 있고, 그 너머에는 수없이 많은 위스키병이 주르륵 진열되어 있다.

의자는 6개쯤 있었다.

4인석 테이블도 두 개 있었다.

"어머, 오늘은 귀엽게 입었네~. 이분은…… 설마 남자 친구?"

이렇게 말한 것은 바텐더 조끼를 입은 20대 후반에서 30대 초반 정도의 여성이었다.

검은 머리를 뒤로 묶은 것이 멋있어 보였다.

"음, 남친이랄까, 아직 거기까지는 아니라고는 할까……."

"즉 친구 이상 연인 이하? 그래도 넌 마음에 드는 남자가 아니면 여기 안 데려오잖아."

"제가 언제여……! 이 사람 말 신경 쓰지 마세여!"

바텐더가 우리를 안내한 곳은 카운터의 앞자리였다.

메구 씨와 나란히 앉는다.
“메뉴는 거기 있습니다.”
하지만 나는 위스키나 칵테일에 대해 잘 모른다…….
그리고 무엇보다도 레이디 퍼스트다.
“메구 씨는 뭘로 하실래요?”
“전 이곳에서는 거의 달콤한 후르츠 칵테일을 마셔여. 슈 씨도 아시다시피 전 단 걸 좋아하거든여. 진짜 맛있게 만들어 줘여.”
조금 수줍은 듯이 웃는 메구 씨.
멋있는 분위기도 있지만 귀여운 소녀 같은 구석도 있다.
나는 그것이 그녀의 매력이라는 생각이 들었다.
“그럼 저도 칵테일로. 어디 보자…….”
메뉴를 훑어보면서 결혼 활동 사이트에 쓰여 있던 내용을 상기했다.
여성에게 맞추는 것도 좋지만, 술이 약하지 않은 남자라면 달콤한 것보다는 남자다운 면을 보여주는 것도 좋다는 것이었다.
나는 술이 그렇게 센 편이 아니지만 처음에는 그런 모습을 보이는 것도 좋을 것이다.
잘은 모르지만, 알고 있는 칵테일도 있다.
“그럼 모스코 뮬로 할까?”
보드카 베이스에 진저에일과 라임즙을 넣은 산뜻한 칵

테일이다.

여름과 잘 어울리니 딱 좋을 것 같다.

"매운 걸로 해드릴까요? 아니면 보통으로?"

"네? 매운 거요? 그런 것도 있습니까?"

생각지도 못한 바텐더의 질문에 나는 당황했다.

"보드카를 희석하는 진저에일은 일본산은 대부분 단맛이 강하지만 본고장의 모스코 뮬은 대개 매운 진저에일을 쓰거든요."

몰랐다.

"참고로 저는 매운 걸 못 먹어서 모스코 뮬은 달콤한 것만 먹어여."

"일본에서는 그게 유행했으니까~. 하지만 우리 가게에서는 본고장의 맛을 추천하고 있어."

"그럼 그걸로 마셔 보죠."

본고장의 맛이기도 하고, 매운맛이 남자다운 느낌이 들기 때문이다.

"그럼 나는 오늘의 추천 후르츠 칵테일로."

"알겠습니다."

"그리고 드라이 후르츠도 주세여."

"네. 조금만 기다려 주세요."

이렇게 말하고 준비를 시작하는 바텐더.

"여긴 정말 본격적인 칵테일 바군요."

"미나밍은 장비빨을 중요하게 생각하거든여."

"미나밍이라고 하지 마."

참고로 물어봤더니, 이름이 미나미라 '미나밍'이라고 부른다고 한다.

"솔직히 저 같은 사람은 지인이 하는 게 아니면 출입하기 어려운 가게지만, 맛있는 칵테일을 만들어 주니까 근처에 오면 자주 들러여."

"자주 와서 돈 좀 많이 쓰라니까."

"그렇게 돈 없는 거 알면서. 못됐어, 미나밍은."

그런 두 사람의 대화를 보고 있으니 정말 친한 사이인 게 느껴졌다.

"두 분은 어떤 관계세요?"

"음, 예전 동료?"

"뭐 그런 거예여."

이자카야 같은 곳에서 아르바이트생으로 만났을까?

똑같은 술집이니.

"자, 나왔습니다."

칵테일이 나오기 전에 드라이 후르츠가 먼저 나왔다.

이어서 미나미 씨는 쉐이커를 흔들기 시작한다.

꽤 능숙한 동작이다.

"와, 정말 멋있는데요."

"슈 씨는 멋있는 여자를 좋아하세요?"

"그런 게 아니라…… 그냥 감탄이 나와서요."

"처음에는 실수만 했어요. 멋있는 바텐더가 되고 싶어서 연습했죠. 꿈이 있어서 할 수 있었어요."

미나미 씨는 만족스럽게 웃으면서 모스코 뮬을 내줬다. 멋들어진 구리 머그컵에 들어 있었다.

"그것도 본고장의 컵이에요."

미나미 씨는 이렇게 알려주고, 이어서 메구 씨에게 샤인 머스캣으로 만든 후르츠 칵테일을 제공했다.

이것도 꽤 맛있어 보인다.

"그런데 미나미 씨의 말씀, 저도 이해가 갑니다. 저도 선생님을 동경해서 열심히 공부해서 선생님이 된 거거든요."

한 모금 마셔 보니 확실히 맵다.

"와, 슈 씨, 그러셨군여."

"초등학교 때 담임 선생님을 동경했죠……. 메구 씨는 어떠세요? 장래 희망이라든가 그런 거 있으세요?"

미나미 씨와 메구 씨가 서로 얼굴을 마주 보았다.

"음, 지금 그 반응은 뭔가 있는 것 같은데……."

"그, 그런 거 아니에여. 어떤 의미에서 꿈이 이미 깨졌다고나 할까……. 왜 어렸을 때는 이것저것 동경하잖아여. 밴드맨이 되고 싶었다거나 그런 거……."

"밴드맨……."

스텝×스텝을 좋아하는 것도 그런 영향인 걸까?

확실히 메구 씨라면 그랬을 것 같다.

"지금은 어떠냐 하면, 음, 아내 정도일까여♡"

이렇게 말하고 매혹적인 시선을 보내는 메구 씨.

"반대로 묻겠는데, 슈 씨는 없으세요? 지금의 꿈 같은 거."

지금의 꿈.

없는 것은 아니다.

"그건…… 그, 근사한 가정을 꾸리는 것일까요……."

말하고 나니 부끄러워졌다.

술이 안 들어갔으면 도저히 못 했을 말이다.

"어떤 의미에서는 두 사람이 같은 꿈이네요."

미나미 씨가 말했다.

"그, 그건……."

나는 더 부끄러워졌다.

적극적으로 구애하는 꼴이 되어 버렸다.

이야기를 어떤 방향으로 끌고 나가야 할지 고민하면서 다시 모스코 뮬에 입을 댔을 때였다.

갑자기 어깨가 묵직해졌다.

메구 씨가 내 어깨에 머리를 기댄 것이다.

"아, 저기, 죄송해여……. 평소에 잘 안 걷는데, 오늘 많이 걸어서 그런지 피곤하네여……. 술을 마셔서 그런지 좀 어지러운 것도 같고……. 이대로 잠시 어깨 좀 빌려도 될까여?"

"아…… 네네."

두근대는 심장을 부여안고 이렇게 대답하자 완전히 어깨에 무게를 실었다.

'화제를 돌린 건 다행이지만…… 아니, 다행인가? 그보다 이 상황은…….'

달콤한 냄새가 은은하게 코를 자극해서 심장이 쿵쾅댄다.

"메구 너…… 어디서 어리광이야."

어이없는 표정을 짓는 미나미 씨.

"에헤헤~. 오늘 너무 기분이 좋아서 조금 많이 마셔 버린 것 같아~."

"그럼 이제 그만 마셔. 슈 씨가 난처해하시잖아."

"네에~."

귀엽게 대답하는 메구 씨.

어린아이—— 혹은 애교 있는 고양이 같다.

"전 괜찮습니다."

이건 이것대로 뭔가 연인 사이 같아서 기분이 좋았다.

"거봐여, 슈 씨도 괜찮다잖아여. 웅~♪"

머리를 비벼대는 메구 씨.

진짜 고양이 같다.

두근거리는 심장을 진정시키기 위해 모스코 뮬을 한 모금 마신다.

몇 번 더 마시면 없어질 것 같은데, 여기에 얼마나 더 있으려나?

막차 시간까지는 아직 여유가 있으니 한 잔 더 마실까?

메구 씨에게 물어보려고 했을 때였다.

"아, 그 전에 꽃을 따러 가야 하는데……."

벌떡 일어나더니 화장실을 향해 뛰어가는 메구 씨.

"죄송해요. 재는 취하면 마음에 드는 남자 앞에서 저렇게 어리광을 부리거든요."

미나미 씨의 입에서 마음에 드는 남자라는 단어를 듣고 나도 모르게 마른침을 꿀꺽 삼켰다.

그건 즉 고백하면 오케이라는 뜻인가?

왠지 긴장돼서 목이 마르기 시작했다.

한 잔 더 주문하려고 메뉴판을 달라고 하려고 했을 때였다.

"다녀왔습니다~."

메구 씨가 돌아왔다.

마침 나도 화장실에 가고 싶었던 참이었다.

"그럼 저도 잠시……."

이렇게 말했을 때였다.

"아, 그럼 마침 잔도 비었는데 슈 씨에게 제가 좋아하는 음료를 선물해도 될까여? 지금 계절과도 잘 맞는 거니까 슈 씨도 분명 좋아하실 거예여."

메구 씨가 이렇게 제안했다.

"그럼 그렇게 할까요?"

나는 이렇게 말하고 화장실로 가려고 했다.

대체 어떤 음료일까?

'그런데 지금 이 상황, 상당히 위험한 것 같은데…….'

화장실로 향하면서 미나미 씨의 말을 떠올린다.

'죄송해요. 쟤는 취하면 마음에 드는 남자 앞에서 저렇게 어리광을 부리거든요.

이 바에서는 부끄럽지만, 이다음에라도 분위기를 타고 고백한다면 그다음에는――아니, 오늘이 아니라도 다음에는――이렇게 생각할 수밖에 없는 상황이다.

이런 생각이 들자 괜히 더 의식하게 되었다.

지금부터는 뚝딱거리게 될 것 같다.

나는 볼일을 보고 손을 씻은 후 뺨을 두드리면서 생각했다.

'침착해, 침착해야 해……!'

속으로 이렇게 말하면서 화장실에서 나왔다.

그러자 내 자리에 미아미 씨가 새 음료를 내려놓고 있었다.

"이게 메구 씨의 추천 음료인가요?"

"네, 제가 좋아하는 프로즌 모히또예여. 모스코 뮬을 잘 마시는 걸 보니까 이것도 좋아하실 것 같아서. 한번 드셔보세여!"

"그럼……."

프로즌이라는 이름답게 아주 차갑고 사각거린다.

"방금까지 매운 모스코 뮬이었잖아여? 그만큼 더 달콤하게 느껴져서 좋지 않을까 해서여."

"확실히 그렇군요. 달콤하고 맛있습니다."

게다가 지금처럼 여러 가지로 달아오른 몸에는 안성맞춤인 것 같았다.

'귀여워…….'

옆에서 음료를 마시고 있는 메구 씨를 보고 생각한다.

어린애 같은 면은 있지만 섹시하기도 하다──.

정말 특별한 매력이 있는 것 같다.

'──음, 뭐지……?'

머리가 멍해지는 기분.

'이런, 독한 술을 너무 많이 마셨나?'

왠지 눈앞도 흐릿해졌다──.

3

"슈 씨……. 슈 씨……."

머리가 멍한 가운데 정신을 차리자 눈에 들어온 것은 뺨을 발그레하게 물들인 메구 씨의 얼굴이었다.

메구 씨의 지인이 경영한다는 바에서 마시고 있었던 것

같은데 여기는 어디지?

"여기는?"

퍼뜩 정신이 들었다.

지금 나는 메구 씨와 어떤 방의 세미더블 침대 위에 있었기 때문이다.

"제 방이에여."

그 말에 주위를 둘러본다.

묘령의 여인의 방에는 처음 들어와 본다. 아니, 여성의 집에도 들어와 본 적 없는 인생이다.

하지만 이 방은 내가 상상하던 여성의 방과는 조금 달랐다.

시크하고, 통일감이 있고, 멋있다.

방에는 옷도 잔뜩 걸려 있고, CD도 많고 만화책도 많았다.

벽에는 스텝×스텝의 포스터도 붙어 있고, 기타도 놓여 있거니와 게임기도 나와 있다. 말하자면 매우 메구 씨다운 방이다.

"그런데 메구 씨는 왜 복장이……?"

이게 꿈인가 생시인가── 사실 아직 분간이 가지 않는 데에는 커다란 이유가 하나 있다. 그것은 메구 씨가 아까까지 입고 있던 유타카가 아니라 여고생의 교복을 입고 있기 때문이다. 내가 교편을 잡고 있는 학교와 비슷한 블레이저 타입의 교복이었다.

"사실 전 가끔 여고생처럼 입고 외출하기도 하거든여. 이 옷을 입으면 정말 여고생처럼 보이지 않아여?"

"아 뭐……."

메구 씨는 동안이라 확실히 여고생으로 보인다.

하지만 그런 로리콘은 싫다고 했었다.

그래서 어떻게 대답해야 할지 망설였던 것이다.

"솔직히 대답하셔도 돼여~. 전 이른바 합법 로리거든여. 솔직히 대답해 주시면 좋겠어여. 슈 씨한테는 재수 없다거나 그런 말은 안 할게여♡"

내가 취해서 그런 건지 아니면 메구 씨가 취해서 뺨이 발그레해서 그런 건지 평소보다 뭔가 음탕해 보이는 장난스러운 표정을 짓는 메구 씨.

"어때여? 그러니까 절 잡아먹어도 괜찮아여."

메구 씨는 이렇게 말하면서 내 한쪽 손을 잡고 그 손바닥을 자기 가슴으로 가져갔다.

메구 씨는 조신한 스타일이지만 가슴은 풍만했다.

내 심장은 터질 듯이 뛰기 시작했다.

'이건 혹시…….'

나는 이대로 메구 씨의 순결을 빼앗는 것일까?

하지만 어쩐지 이건 아니라는 생각이 든다.

나는 멍한 머리로 생각했다.

왜 아니라는 생각이 드는 걸까?

"어때여? 평소 학생들에게 느끼던 감정을 제 몸에 쏟아 붓는 게."

이 말을 듣고 왠지 뇌리를 스치는 것은 아야세의 모습이었다.

"슈 씨가 안 하면 제가……."

메구 씨가 눈을 감고 입술을 가져와 내 입술을 빼앗았다.

"음음, 푸학……! 낼름, 쪽, 낼름낼름…… 푸우."

혀와 혀가 엉키고 서로의 입술 사이로 거친 숨을 몰아쉬는 긴 키스였다.

머릿속이 새하얘져서 아무것도 생각할 수 없다.

"푸학, 메구 씨. 왜 갑자기 이러시는……!"

겨우 입술이 떨어지고, 호흡과 사고가 돌아왔다.

"왜는요? 연인이라면 당연히 하는 거잖아여♡"

이어서 메구 씨는 바지 위로 내 사타구니를 더듬기 시작했다.

"봐여, 여기 커졌잖아여……. 키스, 기분 좋았져? 이제부터 더 기분 좋게 해 드릴게여♡"

"아니요, 됐습니다……."

"부끄러워할 거 없어여~♡"

그렇게 말하는 메구 씨의 손가락이 내 바지 벨트에 닿았다.

더 있다가는 바지가 벗겨지겠다 싶었다.

"미안합니다!"

나는 이렇게 외치면서 메구 씨의 몸을 밀쳤다.

"……왜여? 거절하시는 거예여?"

침대 위에서 황당한 표정을 짓는 메구 씨.

그 얼굴을 보자마자 죄책감이 밀려왔다.

"하지만 메구 씨, 많이 취하셨잖아요. 술김에 이러시는 건……."

"하아아아아아……."

어이없다는 듯이 깊은 한숨을 쉬는 메구 씨.

"슈 씨, 정말 너무 착하시네여."

이렇게 말하고 스마트폰을 집어 내 쪽으로 향하고는——

찰칵!

"헉?! 왜 제 사진을……."

"……유리링한테 보여주려고여. 슈 씨가 교복을 입은 저를 덮친 변태 로리콘이라고 보고해야 하기든여."

뚱하게 말하는 메구 씨. 술이 덜 깨서 이 상황이 잘 이해가 가지 않았다. 하지만——.

"유리링이라면……."

그렇게 불리는 사람을 나는 딱 한 명밖에 모른다.

"아시잖아여. 카가미 유리. 그 아이돌 시절의 별명."

메구 씨는 이렇게 말하면서 검지를 세워 내 얼굴로 가져와서는 입술에 갖다댄다.

"즉 저는 유리링이 보낸 자객이에여. 제가 먼저 유리링한테 조사해 주겠다고 말했지만."

이 말을 듣는 동시에 떠오르는 말이 있었다.

'제자를 건드리는 로리콘은 최악이라고 생각해요.'

그제야 이해가 되기 시작했다.

"혹시 저와 아야세의 관계를 조사하고 있었다는 겁니까?"

"쉽게 말하면 그런 거져. 애초에 매칭 앱을 시작한 것도 그게 이유예여."

"왜 그런 짓을?"

"유리링에 대한 보답이여. 유리링은 은인이거든여."

"은인?"

"마루카와 간장 아세여? 옛날에 어린이 광고가 큰 인기를 끌어서 10년 전에 상도 많이 받았는데."

"아, 네……."

연말 가요 프로그램에도 자주 나왔었다.

"그 중심에서 노래했던 아이가 저예여."

유튜브 화면을 보여주는 메구 씨.

거기에 흐르기 시작하는 옛날 광고.

"옛날 모습 남아 있져?"

동영상과 눈앞의 여성을 비교해 본다.

확실히 옛 모습이 많이 남아 있었다.

"귀여운 아이가 예쁘게 성장했군요."

"감사해여. 농담할 여유는 있나 보네여."

씁쓸하게 웃으면서 소감을 말하는 나를 보고 마찬가지로 씁쓸하게 웃으면서 대답하는 메구 씨.

사실 여유가 없으니까 솔직한 소감을 말할 수 있었던 것이다.

"그래서 아역으로 여러 프로그램에도 불려 나갔지만, 광고가 끝나자 화제성도 없어졌고, 제가 점점 크면서 일도 줄어들었져……. 그러다 보니 어느새 20살이 넘어 있더라고여……. 사무실 분열이라든가 여러 가지 일에 휘말려서 제일 예쁜 나이에 잊혀져 버렸져……. 화만 나니까 이 이야기는 그만할게여——."

아무래도 상당히 원한을 품고 있는 듯하다.

딱딱하게 굳은 얼굴과 나지막해진 목소리를 봐도 알 수 있었다.

그러다가 갑자기 활짝 웃으면서 이렇게 말했다.

"그때 절 위로해 준 사람이 제가 처음 출연한 영화에서 주연을 맡았던 유리링이에여."

"카가미 씨가?"

"아무도 저를 찾지 않을 때도 저를 주연으로 추천해 주기도 하고, 조연으로나마 영화에 출연시켜 주기도 했어여. 놀랍지 않아여? 그 카가미 유리가 타인에게 친절하다니. 저도 놀랐어여. 유리링도 아역 출신이라 자기 모습이 겹쳐 보인 걸지도 모르져……. 유리링은 그 후로도 승승장구했지만, 전 그렇지 못했어여…….”

코를 훌쩍이는 메구 씨.

그리고 팔로 눈물을 닦았다.

“하지만 언젠가는 원래 있던 세계로 돌아갈 거예여. 반드시 승리하고 말겠어여.”

“그럼 남자랑 이런 곳에 있으면 안 되잖아요…….”

“네? 슈 씨, 무슨 착각을 하고 계신 모양인데여.”

어이없다는 표정으로 나를 노려보았다.

“제가 되고 싶은 건 처녀성을 요구받는 아이돌이 아니에여. 팬이 남자만 있는 것도 아니고. 유린도 그렇잖아여? 딸을 낳은 이후에도 줄곧 인기 여배우져……. 저도 유리링처럼 진짜 여배우가 되고 싶어여! 그것을 위해서라면 무슨 일이든 하겠다는 생각으로 지금까지…….”

“그래서 스파이 짓을? 카가미 씨에게 은혜를 갚는다는 의미에서?”

“그런 거 아니에여!”

소리를 지르면서 나를 향해 베개를 집어던졌다.

“유리링은 절대 그러지 않았어…… 이건 정말로 그냥 보답으로 한 일이었어여……. 유리링이 딸을 정말 소중하게 생각하는 것 같아서. 약간은 흑심이 있었던 것도 사실이지만…….”

"하지만 스파이는 스파이잖아요. 그러면 카가미 씨한테 똑바로 전해 주세요. 저는 변태도 아니고 로리콘도 아니라고."

"그럼 저랑 사귀어 주실래여?"

"네?"

"슈 씨가 저랑 사귀면 유리링의 불안도 없어질 거 아니에여? 슈 씨한테도 연인이 생기는 거니까 모두한테 좋은 일이잖아여?"

"메구 씨, 그게 무슨……."

"전 공무원 남편을 두고 계속 여배우를 꿈꾸는 것도 나쁘지 않다고 생각해여. 슈 씨는 그런 아내는 싫으세여?"

"아, 뭐, 일반적으로 대답하자면 싫지는 않지만……."

메구 씨는 그런 애매모호한 대답을 듣고 표정이 어두워졌다.

"그럼 전 어떻게 생각하세여? 귀엽지 않아여? 이상형이 아니에여?"

"아뇨, 귀엽다고 생각하고, 이상형이기도 합니다만……."

"그럼 문제없잖아여, 사귀어도."

"하지만 메구 씨는 스파이로서 저한테 접근하신 거잖아요. 지금 이러는 것도 다……."

"그런 이유만으로는 이러지 않아여."

메구 씨는 다시 나를 밀어 쓰러뜨렸다.

"저도 나름 사랑을 해 봤지만, 아무하고나 자는 그런 여자 아니에여. 슈 씨는 진심으로 좋아한다고여. 그래서 술에 합법적인 약을 타서 승부를 건 거예여."

"합법적인 약이라니……."

"졸음이 오는 약이여. 마지막에 슈 씨가 마신 술에 살~짝……."

그래서 내가 머리가 멍해지고 정신을 잃었던 모양이다.

"참고로 말하는데, 미나밍은 공범이 아니에여. 미나밍도 예전 여배우 시절에 유리링에게 신세를 진 적이 있어서 못 본 척하고 택시에 태우는 것까지만 도와준 거예여. 미나밍은 착해서 썩 내키지 않는 눈치였지만."

그건 그것대로 공범이 아닌가 싶지만, 듣고 보니 왠지 이상한 일에 휘말리게 해서 미안한 기분도 들었다.

정말이지 어쩌다 일이 이렇게 된 걸까?

"그래서 어쩔래여? 저랑 사귈 마음 없어여? 전 진심이라 전부 사실을 말했어여. 그리고 여자한테 고백받는다는 건 총각한테는 서비스 그 자체 아닌가여?"

그렇긴 그렇다.

하지만 이건 뭔가 다르다.

"슈 씨한테 좋아하는 사람이 없다면 저랑 사귀어도 되잖아여. 괜찮다 싶은 여자가 있으면 할 수 있을 때 해야져. 모양도 빠지고, 여자한테도 실례라고여. 그러면 연애도 진전될 수 없어여. 그러니까——."

다시 입술이 포개졌다.

이번에는 짧은 키스——.

"여기서 더 진도를 나가도 돼여."

아, 이러면 안 되는데.

키스의 마력인지 약 때문인지——.

아직 머리도 멍해서 무의식이 시키는 대로 해 버릴 것만 같다.

하지만 필사적으로 이성을 제어했다.

"죄송합니다."

나는 메구 씨를 떠밀면서 상체를 일으켰다.

슬픈 표정의 메구 씨가 눈동자에 비쳤다.

그녀가 온몸을 부들부들 떨면서 소리를 질렀다.

"왜…… 왜여? 연예계처럼 슈 씨도 절 버리고…… 내가 아니라 그 애를—— 이미 모든 걸 다 가진 그 애를 택하겠다는 건가여?!"

"아야세는 상관없습니다……."

"그럼 슈 씨가 진짜 원하는 게 뭔데여?!"

이렇게 절규하는 메구 씨의 눈에는 눈물이 맺혀 있다.

마치 트렌디 드라마의 한 장면 같다.

메구 씨의 말이 그런 드라마의 대사처럼 느껴져서——이게 연기인지 진짜인지조차 알 수 없다.

나 자신에게 일어난 일이라는 생각조차 들지 않고, 남의 일만 같다.

하지만 이것은 현실이므로 이 자리를 어떻게든 수습해야 한다.

그래서 나는 일어나서 말했다.

"죄송합니다. 오늘은 그만 가보겠습니다. 그러고 보니 술값도 안 냈네요——."

"됐어여! 전부 유리링이 낼 거니까!"

이렇게 말하고 베개를 집어던지는 메구 씨.

"도망치는군여. 그렇게 자신의 감정으로부터도 계속 도망칠 건가여?"

나는 지갑을 꺼내어 옆에 있는 테이블 위에 1만 엔을 놓았다.

조금 많을지도 모르지만, 그것밖에 없었기 때문이다.

그리고 현관을 나가려는데.

"훌쩍…… 유리링한테 있는 말 없는 말 다 해 버릴 거야."

메구 씨는 울먹이면서 이렇게 내뱉었다.

× × ×

집으로 돌아온 나는 침대에 벌렁 드러누웠다.

왠지 미치도록 피곤했기 때문이다.

'괜히 그랬나…….'

문득 뇌리를 스치는 메구 씨의 입술—— 그리고 가슴의 감촉.

〈남자라면 할 수 있을 때 하지 않으면 모양도 빠지고, 여자에게도 실례예여. 연애도 진도가 안 나가고. 뭐 그런 남자가 좋다는 여자도 있을지 모르지만〉

메구 씨의 말이 떠오른다.

〈슈 씨를 진심으로 좋아한다고여〉

그런 말까지 들었는데 나는 아무것도 못 했고, 단호하게 거절하지도 못했다.

단지 그 자리에서 도망친 것이었다.

"정말 모양 빠지네……."

메구 씨는 모든 것을 고백하고 진심으로 마음을 전했는데, 나는 거기에 대답하지 못했다. 그 결과, 메구 씨에게 상처를 준 것도 사실이다.

무엇보다도 이렇게 곱씹으면서 후회하는 것이 너무나도 꼴사납다.

다시 메구 씨의 말이 떠오른다.

〈그럼 슈 씨가 진짜 원하는 게 뭔데여?!〉

그리고 메구 씨의 마지막 말——.

〈훌쩍…… 유린한테 있는 말 없는 말 다 해 버릴 거야〉

정말 그럴까?

그다음에는 나는 어떻게 될까?

메구 씨에게 그렇게 물어보는 것은 물론이려니와 사과의 말도 하지 못했다.

내가 알고 있는 그녀와의 연락 수단은 전부 차단당해서 연락할 길도 없다.

모든 것이 끝난 다음에 남은 것은 외로움과 아주 약간의 후회.

그리고 계속해서 나 자신을 속이고 있는── 어떤 것을 생각에서 내던지고 도망만 다니는 나를 괴롭히는 마음뿐이었다.

제 6 장 > 데이트 06

『어머니만큼 강한 영향력을 가진 존재는 없다.』

-사라 조세파 헤일

1

여름 방학도 끝나가고 있었다.

슬슬 2학기 준비도 시작해야 한다.

오늘은 2학기가 되자마자 있을 3자 면담에 관한 조사 결과 데이터를 보고 있었다.

웹으로 일정 후보를 선택할 수 있는 시스템을 통해서 많은 학생이 등록해 주었다. 이미 전체 학생의 70%가 등록한 건가.

하지만 아야세는…….

'아직 미정인가…….'

아야세의 가족은 카가미 유리뿐. 인기 여배우이니까 바쁜 것이 당연하고, 일정이 없는 날도 별로 없을 것이다.

그리고 아야세가 카가미 씨에게 3자 면담에 대해서 알렸는지 아닌지도 알 수 없다.

왠지 아직 물어보지 않았을 것 같지만——.

그러나 카가미 씨가 우리 학교에 오는 것도 상상이 가지 않는다.

참고로 작년은 예외적으로 '면담 없음'으로 처리되었다.

기본적으로 3자 면담은 꼭 하게 되어 있는데 어떻게 된 걸까?

아야세에게 물어보는 것도 이상한 것 같으니, 나중에 1학년 때 담임이었던 쿠로자키 선생님에게 물어봐야겠다.

'하지만 어떤 말을 해서 카가미 유리를 만나지?'

그리고 어떤 이야기를 하게 될까?

이런 생각이 드는 것은 메구 씨의 일도 있기 때문이다.

참고로 카가미 유리로부터도 연락이 없고, 현재까지 아야세로부터도 그것에 대해 어떤 질문도 없다.

당연히 메구 씨로부터도 연락이 없고, 차단당한 상태도 변함이 없다.

혹시 메구 씨는 카가미 유리에게 아무것도 말하지 않은 걸까?

현재까지 내 주변에서 어떤 변화는 없지만, 앞으로 무슨 일이 있을지 솔직히 너무 불안했다.

매칭 앱에도 거의 들어가지 않고, 지금은 썸도 없는 조용한 상태다.

면담에 관한 조사 데이터를 바탕으로 면담 일정을 짜고 다른 업무도 일단락되어 나는 정시에 퇴근할 수 있었다.

요즘 집에서는 메구 씨와 게임을 같이도 하고 혼자서도

하면서 지냈다. 하지만 연락이 끊어진 그날부터는 하지 않게 되었다.

그래서 집에서 하는 일이라고는 플레이하는 소셜 게임의 일일퀘스트를 수행하는 것 정도다.

'문제는 이걸 켤 때마다 마이마이 씨가 생각난단 말이지…….'

그 때문에 지금 진행 중인 이벤트에도 집중이 되지를 않았다.

'기분 전환이 될 만한 다른 것을 찾아야 할까……?'

하지만 이번 여름 방학은 이런저런 일로 돈을 너무 많이 썼다.

그래서 아무 데도 들르지 않고, 오늘은 집에서 대충 저녁을 먹고 오랜만에 매칭 앱에서 상대를 물색해 보기로 했다.

그것이 가장 좋은 기분 전환 방법이라고 생각했기 때문이다.

그렇게 집이 가까워졌을 때, 아파트 앞에 검은색의 고급 승용차가 서 있는 것이 보였다.

특수 코팅 필름을 발랐는지, 창문 너머가 보이지 않았다.

'대체 뭐지?'

물론 매직미러는 아닐 테고.

야한 비디오에 나오는, 안에서 이상야릇한 짓을 하는 차

말이다.

단, 그런 차는 이런 검은색 고급 승용차가 아니라 소형 트럭이다.

그렇다면 대체 저건 뭐지?

탐정이나 신문사나 잡지가 잠복 중인가?

또 하나의 가능성은 채권 추심이다.

야쿠자의 차이고, 안에서 간부가 기다리고 있을지도 모른다.

너무 쳐다보면 시비를 걸어올지도 모르니 힐끔거리면서 망상의 나래를 펼치는 것은 그만두자.

이렇게 생각하고 자동차에서 시선을 돌려 무관심한 척하면서 집으로 가려고 했을 때였다.

갑자기 문이 열리는 소리가 들렸다.

그 소리에 내 시선이 다시 자동차 쪽으로 향했다.

"앗……?"

나는 눈을 의심했다.

하이힐을 또각거리면서 땅에 내려선 검은 선글라스를 낀 여성의 얼굴이 낯익었기 때문이다.

탄탄한 몸매에 검고 아름다운 검은 머리카락을 쓸어 올리는 섹시한 동작을 보고 확신이 든다—— 카가미 유리다.

일반인은 뿜어낼 수 없는 그 오라에 압도당해 우두커니 서 있는 내 앞까지 와서 멈춰 선 카가미 유리가 마녀처럼 씩 웃으면서 말했다.

"할 말이 있는데 시간 괜찮을까요?"

▷수락한다

거절한다

'거절한다'라는 선택지는 처음부터 나에게는 주어지지 않은 거나 다름없었다.

마치 마법에라도 걸린 듯, 정신을 차리고 보니 나는 차 안에 있었다. 아야세가 입원했을 때 병원에서 만났던 카가미 유리의 여자 매니저가 운전하고 있었다.

카부라기라는 이름이었을 것이다.

전에 병실에서 아야세가 그렇게 불렀었다.

가로로 긴 눈매에, 별로 표정에 변화가 없다.

비정하고 냉철한 이미지의 여성이다.

그래서 매니저라기보다는 보디가드라는 생각마저 들게 한다.

나는 뒷좌석에 카가미 유리와 나란히 앉아 있었다.

차는 아직 움직이지 않고 있다.

"저녁 식사는? 이미 먹었나요?"

"아직입니다."

"그럼 뭐 먹고 싶은 거 있어요?"

"네?"

"뭘 그렇게 놀라요? 이렇게 계속 차 안에서 대화를 나눌 수는 없잖아요. 아무거나 상관없다면 내가 정하고요."

"그렇게 하시죠……."

기세에 눌려 이렇게 대답했다.

"유키노, 《MERINO》에 전화해서 개인실 예약 가능한지 물어봐."

"알겠습니다."

카부라기 씨가 칼같이 대답하고 스마트폰으로 연락을 취했다.

식당에 전화를 거는 모양이다.

'매니저 이름이 유키노구나…….'

카부라기 유키노.

뭔가 냉철한 이미지에 꼭 맞는 이름이다.

지금 식당과 전화로 이야기하고 있다.

스마트폰에서 귀를 떼고 말한다.

"비어 있다고 합니다."

"좋아. 그럼 평소 먹는 코스로 부탁해."

"알겠습니다."

다시 스마트폰으로 대화를 나누더니 곧 전화를 끊었다.

"그럼 출발하겠습니다."

시동을 거는 카부라기 씨.

차가 천천히 움직이기 시작했다.

'대체 뭐지, 이 상황?'

내가 대배우와 저녁을 같이 먹다니?

믿을 수 없는 매칭이다.

물론 이건 매칭 앱이 아니지만.

머릿속이 벌써 뒤죽박죽이다.

'어쩌다 이렇게 된 거지?'

뭐가 어떻게 된 건지 모르겠다.

여름 방학이 끝나면 과연 아야세와 카가미 유리를 불러 3자 면담을 할 수 있을지 없을지를 고민하고 있었건만, 사실상 학부형과 일대일 면담을 하게 되었으니——.

"맛있는 식당이니까, 기대해요."

"아, 네……."

대화는 거의 없었다.

차 안에 있었던 시간은 고작 10분 정도였지만 나에게는 1시간처럼 길게만 느껴졌다.

2

차는 넓은 국도변에 멈췄다.

식당 앞에 도착한 모양이다.

"어서 오세요."

나와 카가미 씨만 차에서 내렸다.

카가미 씨의 매니저인 카부라기 씨는 차에 남는 모양이다. 즉 나는 한 시대를 풍미했던 대여배우와 단둘이서 식사하게 될 모양이다.

'어우, 벌써 긴장되네.'

침을 꿀꺽 삼킨다.

다리도 후들거리기 시작했다.

"그럼 갈까요?"

나를 안내하듯 카가미 씨가 눈앞의 빌딩으로 들어가 계단을 내려가기 시작한다.

"이 끝에 식당이 있습니까?"

나도 모르게 이런 질문이 나온 것은 빌딩에 식당 간판으로 보이는 것은 아무것도 없었기 때문이다.

"쉽게 찾을 수 없는 곳에 있어요. 그래서 회원제죠."

이렇게 말하고 장난스럽게 웃는 카가미 씨.

선글라스를 쓰고 있어서 잘 안 보이지만, 그 장난스러운 미소는 마치 어린애 같은―― 그야말로 아야세와 똑같은 미소로 보였다.

이윽고 눈앞에 검고 육중한 문이 나타났다. 카가미 씨가 그것을 열자 역시 검은색을 바탕으로 한 차분한 분위기의 인테리어가 눈에 들어왔다.

"카가미 씨, 오랜만에 찾아주셨군요."

이어서 눈앞에 나타난 것은 땅딸막한 체형에 조리복을 입은 수염 난 남자였다.

자못 고급 식당의 셰프 같은 복장으로 보아 이 식당의 점장인 것 같다.

"안녕하세요. 더 자주 오고 싶지만 요즘 촬영 때문에 지방에 가 있느라."

"이렇게 모임 장소로 써 주시는 것만으로도 감사합니다. 이쪽으로 오시죠. 개인실을 준비해 놓았습니다."

식당 안은 조도가 낮아 다른 손님들의 얼굴은 잘 보이지 않는다. 그 때문에 연예인이나 돈 많은 경영자들이 있을 것 같은 분위기를 풍긴다.

안내받은 개인실은 이자카야의 개인실 따위와는 비교도 되지 않았다.

그 자체가 하나의 작은 방이었다.

'우리 학교 면담실 정도는 될 법한 크기로군.'

이렇게 생각하자 절로 쓴웃음이 지어진다.

그곳은 4명이 정원이지만, 오늘 이 식당의 방은 2인실이다.

"앉으세요."

카가미 씨의 재촉에 안쪽 자리에 앉자, 카가미 씨가 내 정면에 앉더니 길쭉한 모양의 메뉴판을 집었다. 알코올 메뉴인 듯하다.

"샴페인으로 시작하는 거 어때요?"

"아, 네…… 네."

"그럼 여기 이 로제로 주세요."

메뉴를 가리키면서 주문을 시작하는 카가미 씨.

대체 얼마짜리 샴페인일까?

궁금하지만 도저히 물어볼 분위기는 아니었다.

'이 식당은 얼마 정도 나오려나?'

상대는 대배우다.

돈이 모자라면 빌리면 그만이지만, 창피해서 조금 움츠러든다.

"요리는 코스로 준비하겠습니다. 잘 못 드시는 거나 알레르기 있으십니까?"

점장이 나에게 이렇게 묻는다.

"특별히 없습니다."

"알겠습니다. 그럼 요리를 즐겨 주십시오."

점장이 이런 말을 남기고 방에서 나가자 카가미 씨가 질문을 던졌다.

"긴장돼요?"

"아, 네. 이렇게 으리으리한 식당도 처음이고, 또……."

"또?"

"저랑 사는 세계가 다른 사람과 이렇게 마주 앉아 식사할 줄은 몰라서……."

그러자 카가미 씨가 어리둥절한 표정을 지었다.

"사는 세계가 다르다니요? 나도 평범한 인간이고, 평범한 엄마—— 같은 우주선 지구호에서 사는 사람이랍니다."

"그건 그렇습니다만……."

"농담이에요."

쿡쿡 웃는 카가미 씨.

"물론 사람들이 나를 어떻게 보는지 정도는 나도 알아요. 계층 격차도 알고요. 하지만 사람을 긴장시키는 건 내가 원하는 바가 아니에요. 나는 선생님으로부터 이런저런 이야기를 듣고 싶을 뿐이에요."

"무슨 이야기를……."

대체 무슨 이야기를 듣고 싶다는 것일까?

아야세에 관한 것?

아니면 메구 씨에 관한 것?

아니면 둘 다?

'그런데 지금 분위기가 썩 나쁘지 않은 것 같은데?'

연예계 중에서도 역전의 강자인 카가미 유리에게 연행당했으니, 이제 내 교사 생활은 물론이고 인생까지 끝장인가 싶었으나, 그런 것 치고는 나를 대하는 태도가 부드러웠다.

하지만 상대는 대배우.

이건 나를 방심시키려는 연기일 가능성도 있다.

어떻게든 이 상황에서 살아남아야 한다는 생각에 다시 긴장돼서 두 손에 땀이 나오기 시작했을 때였다. 문을 노크하는 소리가 났다.

"들어오세요."

카가미 씨가 대답하자 문이 열리더니 아까 그 점장이 병을 들고 들어왔다.

"샹파뉴 바롱 드 로칠드 로제입니다."

"고마워요."

눈앞에 놓인 길쭉한 샴페인 잔에 따라지는 로제 샴페인. 이름만 들어서는 아무것도 모르겠지만, 아름다운 거품이 올라오고 있다는 것은 잘 알겠다.

"건배."

"거, 건배."

쨍, 하고 잔이 부딪친다.

나는 잔에 입을 댔다.

카가미 유리도 마셨다.

이윽고 잔에서 입을 떼고 말했다.

"……훌륭해. 싱그러운 과일의 순수함이 느껴지는군요. 마치 여고생 시절로 돌아간 것만 같아요."

역시 와인이나 샴페인을 마시는 데 익숙한 듯한 대배우.

국어 교사인 나도 깜짝 놀랄 만큼 멋지고 시적인 표현이었다.

확실히 그런 맛이 나는 로제이다.

나는 후르티하고 맛있다. 아마 비싸겠지? 하는 소감밖에 떠오르지 않았건만.

"그건 당신이 앞에 있어서일까요?"

카가미 유리의 다음 말에 나는 당황하고 말았다.

"지금 이 상황, 꼭 데이트 같잖아요?"

"저기, 그……."

"농담이에요. 긴장을 풀어주려고 그런 건데, 도리어 더 긴장시켜 버렸나?"

카가미 유리는 다시 로제를 한 모금 마시고 테이블 위에 잔을 내려놓았다.

거품이 천천히 올라온다.

"일단, 갑자기 데려와서 미안해요. 이런 일은 정식으로 약속을 잡는 게 맞지만, 시간이 없었어요. 그런데 마침 오늘 촬영 하나가 캔슬되어서 갑자기 시간이 비게 되었죠. 그래서 지금이 기회라고 생각한 거예요."

카가미 씨가 선글라스를 벗고 나에게 사과했다. 동시에 나는 그 빨려들 듯한 눈동자에 시선을 빼앗기고 말았다.

역시 여배우라는 말밖에 나오지 않는다.

오목조목한 얼굴은 물론이고, 나이가 적지 않은데도 어딘지 앳된 티도 남아 있어서 매력적이다. 역시 마녀라고 불릴 만하다.

'그래도 역시 아야세하고 닮았어…….'

역시 핏줄은 핏줄이다.

이렇게 직접 보니 더 잘 알겠다.

"먼저 선생님께 두 가지를 사과하고 싶어요."

카가미 씨가 검지와 중지를 세웠다.

"우선── 메구 건. 다 들었어요. 당신이 사실은 변태 로리콘이고, 여고생을 좋아하고, 조금 마음을 허락하자 교복을 입히고 강제로 성관계를 시도했다고요."

"예?! 자, 잠깐만요. 그건──!"

교복을 입혀서 성관계를 시도했다니.

"알아요. 그 애가 나한테 거짓말을 한 거겠죠. 그 애하고는 안 지 오래되어서, 그 정도는 듣기만 해도 안답니다. 사실은 어땠죠?"

"사실은 그게……."

오해가 풀렸다면 이제 된 것 아닐까? 너무 깊이 이야기하는 것도 메구 씨에게 미안하다.

"메구가 당신을 덮쳤나요?"

내가 우물쭈물하고 있자 카가미 씨가 이렇게 말했다.

나는 순순히 고개를 끄덕였다.

"그 애는 쉽게 빠지는 성격이에요. 그런 애가 당신을 조사하겠다고 나섰을 때 말리지 않았던 내 잘못이에요. 하지만──."

카가미 씨는 빙그레 미소를 지었다.

"선생님이 변태 로리콘인지 아닌지 확인하고 싶은 마음은 나도 있었어요. 물론 사쿠라를 위해서."

"하하……."

나는 어색하게 웃을 수밖에 없었다.

"따님을…… 사쿠라를 아끼시는군요."

"자기 딸을 아끼지 않는 부모가 어디 있겠어요? 하나밖에 없는 소중한 딸인데. 요즘은 혈육이면 다 그렇지만."

카가미 유리는 이렇게 말하더니 서글픈 미소를 지었다.

"딸이 어떻게 생각하는지는 모르겠지만…… 거기에 대해서는 당신── 선생님이 더 잘 알지 않으실까요? 그 애, 절 미워하죠?"

"그, 그건……."

"솔직하게 말해도 돼요. 그럴 만해요. 난 나 자신만을 위해서 이기적으로 살면서 남한테 피해를 끼쳐 왔으니까요. 애초에 그 애를 낳은 것도 이기적인 결정이었는걸요."

"그게 무슨……?"

"알죠? 내 남편이 일찍 죽었다는 거."

그것은 조사해서 알고 있었다.

원래 몸도 약했고, 시한부 선고도 받았었던 남자.

그것이 아야세의 아버지라는 것을.

"그래서 갖고 싶었어요. 그 사람의 아이를."

그때 첫 번째 요리가 나왔다.

아라카르트 전채 요리.

이등분한 반숙 계란 위에 성게알과 연어알이 올라가 있다.

난생처음 보는 요리이다.

"흘러내린 연어알은 다음 식사에 곁들일 예정이니 조금 남겨 두시기를 바랍니다."

"아, 네."

나는 방을 나가기 전에 남긴 점장의 말에 고개를 끄덕였다.

내가 이 음식은 뭐지 하고 머뭇거리고 있는 가운데 그것을 한 입 먹는 카가미 씨.

나도 따라서 먹었다.

"맛있네요……."

입 안이 행복해진다.

"그렇죠? 이제부터 더 맛있는 요리가 나올 거예요."

카가미 씨는 자신만만하게 이렇게 말한 후, 다시 샴페인을 한 모금 마시고 이야기를 이어갔다.

그녀의 젊었던 청춘 시절의 이야기였다.

병원에서 만난, 어렸을 때부터 줄곧 병원에서 살았던 남자.

이미 연예 활동을 하면서 나름 유명했던 자신을 몰라봤던 그 남자에게 흥미를 느낀 젊은 날의 카가미 씨는 사랑에 빠지고, 아이를 임신하고, 주위의 반대를 무릅쓰고 출산을 결심하고, 무리한 결혼을 했다.

"내년에는 이곳에서 딸하고도 같이 벚꽃을 보고 싶어. 이듬해에도, 그 이후에도——."

그런 남편의 말 때문에 붙여 준 이름이 사쿠라.

그러나 다음 해의 벚꽃을 보지 못하고—— 그러기는커녕 딸의 모습조차 보지 못하고 사쿠라의 아버지는 세상을 떠났다.

"그 사람이 살날이 얼마 남지 않았다는 건 알고 있었어요. 하지만 그가 죽고 상처받은 나는 그 좋아하던 일도 도저히 할 수 없을 것 같았어요. 지금은 보다시피 이렇지만, 그때는 아직 어리고 멘탈이 약했거든요."

카가미 씨는 회상하듯 말을 이었다.

"그래서 죽음을 극복하고 앞으로 나아가기 위한—— 의욕의 원천이 되어 줄 무언가가 필요했어요……."

즉 딸—— 그것이 아야세인 것이다.

남편을 잃은 외로움을 채우기라도 하듯이 딸을 사랑했다는 카가미 씨.

그러나 일이 바빠져 자주 볼 수 없게 되자 이번에는 그것이 스트레스가 되었고, 그 스트레스로부터 도망치듯 가는 현장마다 새로운 사랑에 빠져 버렸다.

그것이 남성 편력이 심하다는 말을 듣게 된 이유라고

했다.

"하지만 사쿠라를 방치한 건 아니에요. 시간이 있을 때는 오로지 그 애한테 집중했어요. 그 애가 원하는 것도 전부 줬고요. 할 수 있는 건 다 해 줬어요. 그리고 지금의 내가 있는 것도 사쿠라의 덕분이라고 생각해요."

"그걸 사쿠라한테 직접 말씀하시지 그러세요. 분명 사쿠라도 기뻐할 겁니다."

"아니요. 게다가 부끄럽기도 하고요."

사실 사쿠라도 쑥스러워하긴 하겠지만 절대 기뻐하지 않지는 않을 것이다.

그때 다음 요리가 나왔다.

송이버섯을 넣은 계란찜.

거기에 아까 남긴 연어알을 넣어서 먹으라고 했다.

나는 그것을 먹으면서 말을 이었다.

"외람된 말입니다만, 사쿠라는 부모가 필요하다고 생각합니다. 사쿠라가 제 집에 찾아오는 것도 단지 외로워서가 아닐지 생각해요. 카가미 씨가 일 때문에 바쁘셔서 그 대신…… 어쩌면 아빠 대신 저를 찾는 게 아닐지요."

"……그 말은, 즉 선생님은 선생님에 대한 사쿠라의 마음을 '사랑'이라고 정의하지 않는다는 거군요. 아빠 대신이라고 하신다면…… 선생님. 저랑 결혼하지 않으실래요?"

"네?!"

"그러면 진정한 의미에서 선생님이 아빠가 되잖아요? 사쿠라도 만족하지 않을까요?"

"아니요, 그게 무슨 말씀이십니까── 농담도 참!"

"전 늘 진지한걸요. 늘 진심이랍니다. 그것이 카가미 유리니까."

그런 대사를 말하는 카가미 유리의 인기 광고가 20년 전에 있었다.

"농담이라도 그런 말씀 마십시오……."

"진짜 농담 아니라니까요. 사쿠라가 기뻐한다면 난 그래도 좋아요. 선생님이 고생하실 건 뻔하지만."

"하하하……."

매스컴에 쫓기는 내 모습이 상상된다. 시간이 지나면 괜찮아지겠지만 학교에도 엄청난 민폐일 것이다.

"매스컴도 옛날보다는 많이 좋아졌어요. 옛날에는 얼마나 심했는지 몰라요. 부모 형제에 친척들까지 못살게 굴었으니까요. 물론 남편과 사쿠라에게도 내 짐을 떠넘긴 꼴이 되어 버렸고요."

후회스러운 말투.

하지만──.

"……어쩔 수 없었어요. 아까도 말했지만, 무엇보다도 연기가 우선이었으니까요. 연기를 위해 내 몸과 마음의 컨디션을 최고의 상태로 유지하려고 주위에 민폐만 끼쳤고,

여러 가지를 희생양으로 삼았어요. 그건 지금도 마찬가지예요. 선생님과 만난 것도 그래요. 만나지 않으면 연기에 잡념이 섞일 것 같아서 이렇게 만난 거예요. 난 그런 사람이에요. 연기를 위해서라면 뭐든 하죠. 사랑이든 뭐든―― 결국 이기적인 거죠."

하지만 그것이 그녀――카가미 유리의 인생이리라.

그것을 이해하기에 스스로 그렇게 행동하는 것이다.

그렇기에 연예계의 정점에 오를 수 있었던 것인지도 모른다.

'보통은 그렇게 한다고 해서 그렇게 될 수 있는 건 아니지만.'

카가미 유리를 동경해서 흉내낸다고 해도――.

그런 여성으로부터 그간의 고충을 들은 것이 바로 얼마 전이다.

하지만 쉽게 그녀처럼 된다는 것은, 당연하지만 불가능하다.

압도적인 강함.

일방적인 폭력성.

그것이 카가미 유리인 것이다.

그런 여자를 어머니로 둔 아야세의 인생은 물론 나로서는 상상할 수 없다.

"하지만 사쿠라만은 행복했으면 해요. 그것도 내 이기적인 생각이지만.”

카가미 씨는 마음속에서 우러나온 미소를 띤 채 말을 계속한다.

“사쿠라가 선생님을 좋아하고, 결혼해서 행복해진다면 나는 그래도 상관없어요. 선생님은 어떻게 생각하세요?”

“그건 제가 어떻게 생각하고 말고의 얘기가…….”

“하지만 사쿠라가 그러고 싶다면 지금 당장 결혼해도 좋다고 생각해요.”

“그게 무슨 말씀이십니까! 옛날에는 16살이었지만 지금은 18살이 되지 않으면…….”

“아참, 지금은 그렇죠. 그럼 18살이 되면 다시 얘기하도록 하죠. 졸업하면 선생님은 더 이상 사쿠라의 선생님이 아니잖아요. 그러면 아무 문제 없죠? 진로 문제도 이걸로 끝내죠. 2자회담으로서도 완벽하네요.”

그렇긴 그렇지만── 하지만 졸업 후 바로 결혼했다기는 이런저런 소문에 휘말릴 것이 분명하다. 나도, 아야세도.

“……크흠, 농담인데도 잠깐 진지하게 생각해 버렸네요. 게다가 요즘은 결혼했다고 전업주부가 되는 세상도 아니지 않습니까. 따님의 진로에 대해서는 진지하게 생각해 주시기를 바랍니다.”

나는 완전히 카가미 씨의 페이스에 말려든 것 같아 원래의 흐름으로 돌아가려고 했다.

"진지해요, 난. 아까도 말했다시피 난 늘 진지하답니다. 그것이 카가미 유리니까."

"그거 옛날 광고의 대사죠……?"

"후훗, 미안해요. 당신이 어렸을 때 인기를 끌었던 거라 좋아할 줄 알았는데."

"아닙니다. 확실히 학교에서 모두 흉내 내곤 했었는걸요. 지금 들으니 '진짜가 나타났다' 하는 생각도 들고요!"

"그랬다니 다행이에요."

기쁜 듯이 웃는 카가미 씨.

TV를 통해서도 알고는 있었지만, 꽤 개구진 구석이 있다.

귀엽기도 하고, 왜 인기가 있는지 이해가 간다.

"그리고 또…… 진로에 관해서는 사쿠라가 하고 싶은 거라면 뭐든 반대 안 해요. 나도 내 마음대로 살아왔으니까, 사쿠라도 그러면 돼요. 그뿐이에요."

진로 이야기는 이것으로 끝이었다.

"그보다 묻고 싶은 게 많아요. 그 애는 지금 뭘── 어떤 걸 좋아하죠?"

이건 마치 소통이 되지 않는 부모와 자식 사이에 끼어 있는 느낌이다.

그로부터 나는 아야세의 성적이나 취미인 카메라에 관한 이야기를 하게 되었다.

내가 아야세에게 배우고 있다는 것도.

"그래요. 그 애, 아직도 사진을 찍는군요. 어렸을 때 카메라로 자주 나를 찍었죠."

그 말을 듣고 이런 생각이 들었다.

역시 아야세는 사실 엄마를 좋아하는 게 아닐까.

그 후 나눈 대화는 별것 아닌 내용이었다.

이 요리가 맛있다, 이 와인이 맛있다, 정도——.

내가 알아도 되나 싶은 연예계의 비밀스러운 이야기도 있었지만.

카가미 씨가 추천하는 와인을 요리에 곁들여 마시면서 그런 대화를 나누니 정말 데이트 같다.

요리도 전부 맛있고, 술도 맛있다.

게다가 상대는 카가미 유리다.

리드당하는 모양새이기는 하지만, 이것만 극복하면 더 이상 무서울 게 없겠다는 생각이 들었을 때, 그녀가 정곡을 찌르는 말을 했다.

"참, 선생님은 매칭 앱을 하시죠? 나와의 데이트를 극복하면 이제 무서운 건 없지 않을까요?"

"하하……. 지금 막 그런 생각을 하던 참이었습니다."

어색하게 웃는 것밖에 할 수 없었다.

역시 대배우는 다르다.

나는 완전히 그녀의 손바닥 위에 있었다.

"하지만 쉽게 그렇게 되지는 않을 거예요."

"네?"

"마녀라 불리는 내 딸보다 매력적인 여자는 그리 많지 않으니까요."

3

내 집 앞에서 차가 멈춘다.

"2학기 초에 면담이 있었다니. 그 기간은 해외에서 촬영이 있어서 무리였지만, 대신 오늘 많은 대화를 나눌 수 있어서 좋았어요. 앞으로도 우리 딸 잘 부탁해요."

"……네."

문이 열린다.

당연히 내리는 것은 나 혼자다.

"다음에 할 얘기가 있으면 LINE으로 할게요."

그렇다, 놀랍게도 나는 대배우의 LINE을 등록하고 말았다.

학교 방침상 선생이 학생의 어머니와 메신저를 사적으로 교환하는 건 금지지만, 거절할 수 없었다. 게다가 식사까지 얻어먹고 말았다.

학부형에게 식사를 얻어먹다니, 빼도 박도 못하는 뇌물이었다.

물론 이것도 학교에서는 금지된 일이다. 하긴 아야세와

의 관계부터가 이미 비정상이니 새삼스러운 일이지만…….

'그런데 그 코스 요리, 얼마였을까?'

용기 내서 물어봤지만 내 얼굴 앞에 검지를 세우며 가격은 비밀이라고 했다.

아마 어마어마할 거다.

"그럼 또 보죠. 조만간."

카가미 씨가 앉아 있는 뒷좌석의 문이 닫히려고 했을 때였다.

"뭐야! 왜 엄마가 쌤이랑 같이 있는 거야?"

갑자기 아야세의 목소리가 들렸다. 소녀 모드의 그녀는 차 쪽으로 달려오더니, 지금 막 내린 내 앞으로 바짝 다가왔다.

"쌤, 어떻게 된 거예요?! 엄마랑 같이 식사했어요?! 그 다음엔?! 설마 엄마가 쌤도 가지고 논 거예요?!"

"그, 그런 거 아니야!"

위험한 순간은 있었지만.

"걱정 마. 네 선생님은 안 뺏어."

"엄마?!"

"드디어 2자에서 3자 면담이 됐지만, 바로 영화 홍보 때문에 라디오 생방송에 나가야 해서."

"엇……?!"

문이 탁 닫힌다.

방금 술을 마셨는데 일을 하러 간다니? 캐릭터상 그것도 화젯거리가 될 테니 상관없긴 하지만, 정말 활동적인 사람이다.

"유키노, 출발해."

"잠깐, 엄마! 매니저님, 잠깐만요!"

문손잡이를 잡고 뒷좌석 문을 열려고 하는 아야세.

"아야세, 위험해!"

그리고 그러다가 문이 부서지면 수리비가── 이런 생각이 들었지만, 어차피 상대는 금수저다. 괜한 소리라는 생각이 들었다. 확실히 그런 건 신경 쓸 문제가 아니겠지.

이렇게 생각했을 때, 뒷좌석 창문이 열렸다.

"내가 하고 싶은 말은 전부 선생님한테 전달했어. 선생님한테 너무 폐 끼치지 말고."

"앗!"

다시 창문이 닫히고, 차가 출발했다.

"엄마! 메—롱이다!"

차를 향해 소리치고 혀를 내미는 아야세.

그러고는 다시 나에게 바짝 다가와서 따진다.

"대체 엄마랑 무슨 얘기를 한 건지 말해요!"

4

그 후로 나는 집에서 아야세에게 카가미 씨와 무슨 일이 있었고 무슨 이야기를 했는지 추궁당했다. 그러나 가장 큰 원인인 메구 씨에 대해서는 약속한 것도 있고 해서 적당히 얼버무릴 수밖에 없었다.

"아 그게, 일단 카가미 씨…… 네 엄마가 마침 시간이 비었다면서 갑자기 집 앞으로 찾아오시더니 식사하러 가자길래 2자 면담이 되어 버렸어. 역시 카가미 씨는 아야세를 소중히 생각하고 있고……."

"그런 얘기는 됐고요! 엄마가 어떻게 생각하는지보다, 내가 어떻게 생각하는지가 더 중요해요! 연애랑 똑같아요! 상대의 마음보다 내가 어떻게 생각하는지가 더 중요하다고요!"

아야세는 입술을 뾰로통하게 내밀었다.

"정말이지 엄마는 이기적이라니까. 그러니까 언론에서 맨날 두들겨 맞지."

그런 아야세의 말에 나는 어색한 웃음밖에 지을 수가 없었다.

이기적인 것은 아야세도 마찬가지니까 말이다.

역시 모녀라는 생각밖에 안 든다. '엄마가 어떻게 생각하는지보다, 내가 어떻게 생각하는지가 더 중요해요'라는 말부터가 이기주의의 극치이다.

그러나 어느 한쪽이 솔직해지지 않으면 관계는 진전할

수 없다.

현재로서는 그것이 되지 않고 있는 두 사람이다.

아야세는 연애랑 똑같다고 했지만, 그런 상태로는 연애도 진전할 수 없다.

물론 나는 그런 잔소리를 할 입장이 못 되고, 아야세도 그것은 알고 있을 것이다. 그렇다면 그저 지금은 때가 아니라고 생각하는 것인지도 모른다.

"참! 쌤, 매스컴에 사진 안 찍혔죠?"

"아마도?"

"밥 같이 먹었죠? 어디서 먹었어요?"

"카가미 씨가 자주 가신다는 지하에 있는 식당에서."

"아, 혹시 MERINO?"

"그런 이름이었어. 알아?"

"엄마가 몇 번 데려간 적 있어요. 매스컴에 들키지 않고 단둘이 식사하기에 좋은 곳이라면서."

"나한테도 그렇게 말씀하셨어."

"그런 다음에 바로 집에 온 거예요?"

"응."

"흠…… 일단은 괜찮겠네요. 시간적으로도 믿어 드리죠. 그런데 엄마랑 무슨 얘기 한 거예요? 자세히 말해 봐요."

"원래는 여름 방학이 끝나자마자 할 예정이었던 3자 면담을 오늘 했다는 느낌이려나. 카가미 씨도 말했잖아. 지금까지는 그런 거 안 했었다고. 그런데 너 진로는 어쩔 셈이야?"

"네?"

"뭘 그렇게 놀라? 2학년도 벌써 절반이 지났잖아. 3자 면담은 보통 진로 상담을 주로 이야기한다고."

"엄마는 뭐래요?"

"사쿠라가 하고 싶은 거라면 뭐든 반대 안 하시겠대. 본인도 마음대로 살았으니까, 사쿠라도 그렇게 살라고."

"흐음…… 그래요? 즉 아무래도 상관없다는 거네요."

불만스러운 표정을 짓는 아야세.

"그래? 나는 자식을 믿어 주는 좋은 부모라고 생각하는데."

"그냥 방임주의잖아요."

이어서 이렇게 내뱉은 사쿠라는 조금 쓸쓸해 보였다.

신경 쓰지 않는다거나 방치되어 있다고 느끼는 것은 엄마와의 관계 때문이리라.

내가 어렸을 때는 부모의 간섭이 귀찮게만 느껴졌지만, 너무 간섭하지 않는 것도 이런 관계성의 문제를 일으키는 것인지 모른다.

"졸업 후에 하고 싶은 거 없어? 대학에 진학한다든가, 그 뒤의 일은 대학에서 생각하겠다든가 그런 것도 괜찮고."

4년간의 모라토리엄 기간을 갖는 것도 선택지 중 하나다. 요즘 시대에는 학생 대부분에게 그것이 당연한 일이기도 하다.

"그런 거 없다니까요── 아니, 있다."

히죽 웃으며 예상 밖의 대답을 하는 아야세.

나는 괜히 불안해졌다.

"그게 뭔데……."

"뻔하잖아요! 쌤의 연애 지도. 쌤이 엄마처럼 나쁜 여자한테 걸리지 않게 하기 위해서라도 더 제대로 가르쳐 드리겠어요!"

"야……."

어이가 없어서 한숨이 나왔다.

"그건 네가 졸업하기 전까지 내 결혼 활동이 성공하지 않는다는 뜻이잖아."

"그럼 뭘 할까……. 선생님?"

"응, 나?!"

나는 어리둥절해하며 나 자신을 가리켰다.

"쌤이 되고 싶다는 게 아니라 선생님이요! 학교 선생님! 고등학교 교사!"

그 말에 납득이 가는 동시에 설레는 마음도 들었다.

나는 초등학교 때부터 그랬지만, 내 학창 시절과 똑같은 꿈이기 때문이다.

"실제로 전 쌤의 쌤이나 마찬가지잖아요. 동업자── 같은 고등학교 선생님이 되면 계속 쌤의 곁에서 많은 걸 가르쳐 드릴 수도 있고 괜찮은 것 같아서요."

"앞으로 10년 후에도 나한테 여친이 안 생긴다는 전제는 너무하지 않아? 일단 질러 놓은 다음에 이유를 갖다 붙이는 것도 그만두고."

"하지만 갑자기 진로라고 하니까……. 쌤은 저한테 무슨 직업이 어울릴 것 같아요?"

"흐음……."

아야세를 물끄러미 바라본다.

자세히 보니 역시 카가미 유리와 닮았다.

그렇다면.

"'아, 귀여워. 내 아내가 되렴' 이런 생각 하고 있죠?"

"아닌데."

연예인이나 여배우.

이런 단어가 떠올랐지만 물론 입 밖으로는 말할 수 없었다.

어렸을 때 잠시 동경한 적도 있다고 카가미 씨한테서 들었지만, 그렇다고 해서 대배우인 엄마와 같은 길을 추천하는 것은 너무 가혹하리라.

쉬운 길이 아니라는 것은 메구 씨의 이야기를 통해서도 잘 알았다. 연예인 2세라면 또 다르겠지만, 그 때문에 힘든 일도 많을 것이다.

그런 것은 연예인 2세들을 봐도 알 수 있고, 아야세도 어렸을 때 언론에 시달린 경험이 있는 것이다.

그런 길을 가라고 추천할 수는 없는 노릇이었다.

“그럼…… 사진은? 그 분야도 나쁘지 않지 않아? 카메라맨 같은 거.”

“카메라맨…….”

“어렸을 때부터 좋아했다며? 괜찮지 않나 싶어서.”

“그건 그렇지만……. 혹시 그것도 엄마가 말했어요?!”

“그게 아니면 어떻게 알았겠어? 어렸을 때부터 이것저것 찍기 좋아했다는 걸.”

“아 진짜, 엄마는 왜 쓸데없는 말을 하고 그런담!”

씩씩거리는 아야세.

엄마를 자주 찍었다는 이야기를 들었다는 말은 하지 않기로 결심했다.

“참고로 카메라를 공부할 거면 예대나 전문학교에 가는 방법도 있어. 그리고 요즘 시대에 카메라맨을 할 거라면 다른 나라의 언어도 할 줄 알아야 해……. 예대라면 우리 학교에서도 추천해 줄 수도 있고.”

“오…… 그런 게 있구나. 그러면 시험 안 쳐도 돼요?”

“일반적인 입시하고는 다르지만, 시험을 아예 안 치는 건 아니고 입시가 있긴 있어. 관심 있어?”

“관심 있으면 추천을 받기 위해서라도 열심히 공부하라고 할 거죠?”

"잘 아네. 요즘 성적 떨어졌지?"

"윽, 그렇게 말할 줄 알았지만, 역시 그게 말하고 싶었던 거군요."

입술을 삐죽 내민 후, 아야세가 이렇게 묻는다.

"쌤. 내기할래요?"

"무슨 내기? 설마 지금 당장 카메라 실력을 올리라고?"

최근 조금씩이긴 하지만, 아야세에게 카메라를 배우고 있었다.

그래서 그것을 말하나 싶었다.

"아뇨, 아뇨. 전 성적을 올릴게요. 그게 성공하고, 쌤이 크리스마스 전까지 여친을 못 만들면 크리스마스는 저랑 데이트하는 거 어때요?"

그런 아야세의 말을 들은 순간.

뇌리를 스친 것은 사가라의 말이었다.

〈그럼 내가 30살이 되었을 때 서로 독신이면 나랑 결혼할래?〉

"크리스마스 전은 커플이 가장 많이 탄생하는 시기잖아요? 그런데도 안 생기면 크리스마스 데이트에서 반성회를 하자고요."

"알았어. 그러지 뭐."

그것으로 아야세가 열심히 공부하게 된다면 좋은 일이고,

나도 크리스마스 전까지는 여친을 만들고 싶다. 그러니까 자신을 채찍질하는 의미에서라도 약속하기로 한 것이다.

"진짜죠!"

순간 표정이 환해지는 아야세.

"그럼 약속한 거예요!"

아야세, 우자키와 같이 나이트풀도 다녀왔고, 마이마이 씨의 일도 있었다. 명절에 고향에서 사가라도 만났고, 메구 씨와 축제도 갔다.

아야세의 어머니인 대배우 카가미 유리와 데이트 비슷한 것도 했고, LINE까지 교환했다. 그 카가미 씨로부터 이런 메시지와 귀여운 하트를 날리는 동물 스탬프를 받았다.

오늘 고마웠어요.
또 둘이
데이트해요♡

역시 마녀라 불릴 만하다는 생각이 들었다.

어떤 답장을 보내면 좋을지 고민이 될 정도다.

이렇게 다사다난했던 여름 방학이지만, 결국 여자친구는 만들지 못하고 끝나려 하고 있다.

그리고 새학기가 찾아오려는 가운데, 여름 방학 중 다니던 연수의 마지막 날 열린 회식 자리에서 거나하게 마시고 집으로 돌아온 날 밤——.

나는 꿈을 꾸었다.

결혼 활동을 시작한 이래로 가끔 꾸는 꿈이다.

댕~ 댕~ 하고 교회 종이 울린다.

거기에 서 있는 것은 하얀 턱시도 차림의 나와 내 옆에 서 있는 하얀 웨딩드레스에 부케를 든 여성이다.

지금까지는 고개를 숙이고 있어서 그 얼굴을 볼 수 없었다.

오늘도 마찬가지지만, 그 여성이 목에 차고 있는 초커가 익숙하다.

내가 아야세의 생일에 선물했던 것이다.

그때 그 여성이 얼굴을 들었다.

"왜 아야세 네가?"

내가 놀라서 큰 소리로 말하자 아야세는 토라진 얼굴을 한다.

"아야세가 아니라 사쿠라라고 부르라고 했잖아요. 그리고 왜냐니요?"

순간 표정을 바꾸어 씩 웃으면서 아야세가 말한다.

"슈고가 크리스마스 전까지 여친을 못 만들었으니까 그렇지. 그래서 그날, 눈 내리는 크리스마스 밤에 나랑──."

× × ×

"으아아아아악?!"

눈을 뜨는 동시에 침대에서 상체를 벌떡 일으켰다.

"뭐야, 지금 그 꿈은?"

결혼하는 꿈을 꾼 이유는 왠지 알 것 같다. 어제, 같이 회식했던 동년배 남녀 교사 세 사람 모두가 기혼자였기 때문에 괜히 초조한 마음에 결혼 생각을 했기 때문이 틀림없다.

그보다 문제는 어째서 그 상대가 아야세였느냐다.

지난번에 어머니인 카가미 유리에게 딸과 결혼하라느니 하는 말을 들어서일까?

그리고 나는 왜 팬티 바람으로 자는…….

"으음…… 쌤, 왜 그러세요?"

"앗……?!"

목소리가 들린 쪽을 보니 같은 침대에 누워 있던 아야세가 눈을 비비고 있다. 헝클어진 검은 머리카락. 게다가 속옷 차림이다.

"야! 너 여기서 뭐 하는 거야?!"

비명을 지르면서 물어보자, 아야세가 일어나서 아웅하고 기지개를 켜면서 대답했다.

"좋은 아침, 쌤. 어제 많이 마셨죠? 술 냄새도 나고 문도 열려 있길래."

"그래서 멋대로 들어왔다는 거야?"

© Shiokoji

"초인종을 눌러도 대답이 없잖아요. 하지만 손잡이를 돌렸더니 문이 열리는 거예요. 위험하잖아요? 제가 도둑이었으면 어떻게 됐겠어요? 아 하지만 어떤 의미에서는 도둑 비슷한 거였을지도……. 쌤, 엄청나게 쌓였었더라고요."

빨갛게 물든 뺨에 자신의 두 손을 갖다 대는 아야세.

"대단했어요, 쌤☆"

이어서 정면에서 폭 안겨 온다.

"아, 아니…… 나, 아무것도 안 했지?"

"혹시 아무것도 기억 안 나세요?! 아직 젊은데 이놈이고 저놈이고 전부 결혼했다는 둥 하시면서 저한테 투덜거렸잖아요. 그래서 홧김에 마신 거죠? 이제 학생이고 나발이고 모르겠다면서 저를 덮치더니――."

"잠깐, 앞의 말은 신빙성이 있지만 뒷부분은 아니야."

아야세에게 연수 되풀이에 대해서는 말한 기억이 전혀 없으니, 아무래도 잠결에 쓸데없는 말을 지껄인 것 같다.

진짜로 하소연을 한 후에 그런 짓을―― 그럴 리가 있나.

아마 옆에서 자고 있어서 아야세의 체취를 느끼고 그런 꿈을 꾼 것이 틀림없다. 그건 그것대로 어떤가 싶지만.

나는 절대로 한 기억이 없고, 했다고도 생각하지 않지만, 아야세는 포기하지 않는다.

"에이~, 그런 짓을 해 놓고 그런 식으로 발뺌하다니. 절 똑바로 보세요. 그리고 어젯밤에 한 짓을 떠올려 보세요."

아야세는 눈동자를 촉촉하게 흔들고 있지만 그런 것에 속지 않는다.

"역시 대배우의 딸이군. 연기가 훌륭해. 얼른 가서 옷이나 입어."

"우우~, 엄마를 들먹여서 얼렁뚱땅 넘어가려고 하다니! 이런 상황에서는 어떻게 하면 되는지 기껏 가르쳐주고 있는데!"

"이제 그런 건 됐어! 지긋지긋해!"

비로소 아야세의 말이 농담이라는 걸 깨달았다.

홧김에 술을 마시고 제자의 몸에 손을 대는 짓은 하지 않았던 것 같다.

결백의 자신은 있었지만, 솔직히 가슴을 쓸어내렸다.

하지만 쓸데없는 말을 해 버린 모양이다.

"헉, 지긋지긋이요? 최근에 그런 경험이 있었어요? 누구요? 혹시 그 메구라는 여자?"

이렇게 말하면서 거리를 좁혀 오는 아야세.

"아, 그러고 보니 그 여자에 대해서 정보가 하나 있어요. 어제 그 생각이 나서 쌤을 찾아온 거예요."

"그게 뭔데?"

"옛날에 엄마가 출연한 영화를 본 적이 있어요. 잠깐만요, 스마트폰이 가방에 있거든요."

스마트폰을 가지러 가기 위해 침대에서 뛰어내리는 아

야세.

가방은 방구석에 놓여 있었다.

'……헉…….'

브래지어와 팬티만 입고 있는 아야세.

좌우로 흔들리는 작고 귀여운 엉덩이에 시선이 고정되고 만다.

침을 꿀꺽 삼켰다.

여자친구가 생겨서 잠자리를 가진 후에 보게 될 광경이 이런 느낌일까, 하고 생각해 본다.

'잠깐, 내가 지금 무슨 생각을 하는 거야!'

나는 황급히 아야세의 엉덩이에서 시선을 돌렸다.

속옷만 입은 제자를 보고 할 생각은 절대로 아니다.

흥분해도 큰일이다.

그것은 징계 해고로 가는 이정표다.

"여기 이거 보세요. 쌤, 지금 어디 보시는 거예요?"

아야세가 돌아올 때도 나는 똑바로 보지 못하고 시선을 피했다.

아야세가 그런 나에게 스마트폰을 내민다.

스마트폰으로 시선을 돌리자, 그 화면에는 어린이의 사진이 표시되어 있었다.

"이건……."

"이게 메구라는 여자의 어릴 적 사진이에요! 아역 배우를 했었대요. 그리고 위키피디아를 보면, 여기요! 엄마랑 같은 영화에 출연했대요. 어쩐지 처음 사진을 봤을 때부터 연예인 같기도 하고 어디서 본 것 같기도 하더라니. 역시 그랬던 거예요!"

"아역이었다는 건 알고 있었어. 마루카와 간장 광고에 나왔다는 것도."

"그래요? 어떻게요?"

"본인한테 직접 들어서."

이렇게 말하는 동시에 메구 씨가 덮쳤던 기억이 되살아난다.

'——이크, 위험해.'

나도 모르게 하반신이 뜨거워지기 시작하고 있었다.

아무래도 내 인생에서 가장 상위를 장식하는 야릇한 이벤트였으니 어쩔 수 없으리라. 속옷 차림의 아야세는 참을 수 있었지만, 그 한계를 돌파해 버렸다.

"아, 그렇구나. 본인한테 직접. 흐음~. 아무리 지금은 별로 잘나가지 못한다고 해도, 연예인의 그런 개인적인 비밀을. 오호~."

아야세는 왠지 굳은 표정으로 나에게 의심의 눈길을 보내고 있다.

"즉 그런 얘기를 할 만큼 그 여자랑 쌤이 가까워졌다는 거죠? 전 아무것도 듣지 못했는데요. 어떤 상황인 건지 당장 말해요."

자신이 모르는 사이에 관계가 진전된 것이 못마땅한 모양이다.

그제야 나는 아야세에게 나와 메구 씨의 관계가 끝났다는 것을 알리지 않았다는 것이 생각났다.

딱히 숨긴 것은 아니지만, 어떻게 설명해야 할지 망설이는 사이에 아야세의 어머니—— 카가미 유리와의 만남도 있어서 말할 타이밍을 완전히 놓쳐 버린 것이다.

"최근에는 매칭 앱에 관해서 물어보지 않았잖아……."

"그런 건 안 물어봐도 먼저 상담하겠다고 약속했잖아요!"

그렇긴 하지만——.

"그런데 아야세, 어머니의 옛날 영화를 보고 메구 씨를 알아볼 정도면 많이 봤다는 거잖아……."

확실히 얼굴은 변하지 않았으니 자세히 보면 알아챌 수 있다. 그러나 한 번 본 정도로는 알아보기 어려울 것이다.

"그러고 보니 카가미 씨도 아야세가 어렸을 때는 자기를 정말 좋아했다고 했었어. 혹시 카가미 씨의 그 영화를 벌써 몇 번씩……."

"시끄러워요! 그런 거 아니에요! 엄마 얘기는 그만 해요!"

얼굴이 새빨개져서 화를 내는 아야세.

"아역 배우가 되어서 엄마랑 같이 영화에 출연하고 싶어 했다던데……. 그래서 메구 씨를 동경해서 본 거 아니야?"

"엄마가 그런 얘기까지 했어요?! 미쳤나봐, 진짜!"

이런 전개로 얼렁뚱땅 넘어갈 수 있지 않을까 했지만 그렇지 않았다.

"엄마한테 메구라는 여자에 대해서 얘기했어요?!"

"안 했어. 난 같은 영화에 출연한 줄도 몰랐는걸."

"진짜요?!"

"진짜야."

이건 서로 그런 것으로 해 두기로 카가미 씨와 약속한 일이다.

〈메구는 예쁜 후배예요. 잘한 짓은 아니지만, 오늘 일, 용서해 줄 수 없겠어요? 사쿠라에게도 비밀로 해 주고요〉

카가미 씨는 비밀이라고 말하는 듯이 얼굴 앞에서 검지를 흔들었고, 나는 그것을 받아들였다.

과연 아야세에게 메구 씨에 대해서 어디까지 이야기해야 할까?

아직 정하지 않은 문제였다.

"그런데 그 메구라는 여자하고는 지금 어떤 상태예요?"

"이미 끝났어."

"헐, 그래요?"

내 대답을 듣고 놀라더니 이렇게 말했다.

"뭐 상관없어요. 그 얘기 자세히 들려줘요! 지금부터 반성회를 할 거니까."

금세 평소의 아야세로 돌아왔다.

"쌤, 설마 강제로 이상한 짓 하려고 했던 건 아니겠죠? 그 여자, 프로필에 변태 로리콘 사절이라고 써 놓았잖아요. 아까 지긋지긋하다고 했던 것도 혹시 그런 거예요? 쌤, 사실은 이미 동정이 아니라거나……. 첫 경험이 연예인이라니, 욕심이 좀 과한 거 아니에요?"

"이상한 짓 같은 거 안 했어! 그리고 아직 동정이야!"

"아, 그렇구나. 뭐 그건 사실 같네요."

헤실헤실 웃는 아야세.

"그런데 쌤, 그거요. 저 때문에 흥분한 거예요? 그거, 쌤의 감정 그 자체죠?"

아야세의 시선의 끝── 내 하반신에는 더 이상 참지 못하고 당장에라도 팬티에서 튀어나올 것처럼 크게 부풀어 있는 그것이 있었다.

"이, 이건, 그런 거 아니야! 아무튼 너 옷부터 입어!"

"뭐 어때요? 수영복 입은 것도 봤는데."

"수영복하고 속옷은 다르잖아."

"감추고 있는 부분은 비슷하잖아요. 그런데 쌤, 속옷 차림만으로 그렇게 흥분하다니…… 응큼해♡"

"그런 거 아니라고──아니, 옷부터 입어──!!"

내 솔직한 감정.

정말로 원하는 것.

그것은 아직 잘 모르겠다.

〈또 도망칠 건가여?〉

메구 씨의 그런 목소리가 들린 것 같은 착각이 들었다.

솔직하게 자신의 감정을 고백한 라이스 씨.
서로 마음을 나누었던 마이마이 씨.
하고 싶은 대로 사는 카가미 씨.
사람에게는 다양한 삶의 방식이 있다.

여전히 나는 여자친구가 없고, 나와 아야세의 관계도 변함없다.
하지만 처음에 이 집을 찾아왔을 때보다는 아야세에 대해 잘 알게 되었다는 생각이 드는 가운데 여름 방학은 끝나고, 2학기가 시작되려 하고 있었다.

매칭 앱을 그만둘 생각은 아직 없다.
그것이 지금 내가 할 수 있는 최선의 대답이다.

후기

오랜만입니다. 오래 기다리게 해서 죄송합니다!

드디어 《매칭 앱으로 만난 그녀는 내 제자였다》 2권을 선보이게 되어 한숨 놓은 미사키 준입니다.

1권 발매 당시, 주위로부터 매칭 앱을 하고 싶어졌다는 등의 반응을 듣고 무척 기뻤는데, 2권을 몇 번 연기하게 되어 많은 분들께 폐를 끼쳐 죄송했습니다. 그 커다란 원인은 '눈 건강'입니다.

사실 작년 가을쯤부터 왼쪽 눈의 건강이 나빠져 시야에 작은 먼지 같은 것도 보이고 아메바 같은 것도 보이게 되었습니다.

하지만 소량인 데다 일에 지장이 있는 것도 아니었고, 노화 현상으로 그렇게 될 수도 있다는 것은 알고 있었기 때문에 별로 신경 쓰지 않았는데, 올해 골든위크 무렵부터 그 먼지가 점점 많아지더니 사물이 겹쳐 보이고, 눈부심도 생기고, 흐릿하게 보이기 시작했습니다. 그 탓에 사물과 사물의 거리를 가늠할 수 없어 컵을 들려가다 실패하고, 도장을 똑바로 찍지 못하고, 두통도 많아지는 등 일에 지장이 생기게 되어 병원에 다니기로 했습니다.

그리고 밝혀진 것은 왼쪽 눈에 삽입했던 안내렌즈가 제

위치에서 벗어나 있다는 것── 안내렌즈 편위라는 상태였다는 것이었습니다.

10년 전에 저는 아직 젊은 나이임에도 눈의 렌즈 역할을 하는 수정체에 백탁이 생기는 백내장이 왼쪽 눈에 생겨서 그 치료로 수정체를 부수고, 그 대신 안내렌즈를 삽입했습니다. 최근 아무래도 사물이 이상하게 보여서 그것에 뭔가 문제가 생겼구나 싶기는 했는데 그 짐작이 맞았던 모양이라 수술을 통해 렌즈를 교체했습니다.

전에 렌즈를 삽입했을 때는 사흘 만에 복귀했기 때문에 이번에도 그럴 수 있을 줄 알았는데 유감스럽게도 그러지 못했습니다. 집도의가 안구를 쑤시는 중에 안구에 넣어 놓은 카메라를 통해 망막열공이라는 망막에 구멍이 뚫리는 증상이 세 곳이나 발견되어 (시야에 보였던 검은 먼지와 눈부심은 이것이 원인이었다고 합니다) 내버려 두면 가까운 시일 내에 망막박리로 발전해 실명할 가능성도 있다고 해서 긴급 레이저 수술을 하는 등 큰일을 치렀습니다.

망막박리는 권투 선수한테나 생기는 것인 줄 알았는데!

먼지 같은 것이 보이는 비문증도 권투 만화에서나 알던 것이라 정말 여러모로 놀랐습니다.

그 검은 먼지를 없애기 위해 안구의 초자체의 일부를 절제하고 그 대신 물을 집어넣었기 때문에 눈의 회복이 더뎠습니다. 그 때문에 퇴원 후에도 장기간 일을 할 수 없었고,

일정이 정해져 있는 만화 원작이며 소설 게임의 작업 분량도 밀려서 스케줄이 엉망이 되는 바람에 소설이 늦어지게 된 것입니다.

참고로 지금까지 삽입했던 렌즈는 다초점 렌즈라는 것인데, 다소 비싸지만 (보험이 적용되지 않아 추가비용이 30만엔 정도 됩니다) 원근 양용 렌즈 같은 것이었습니다. 단, 이번에는 눈의 상태가 바뀌어서 다초점 렌즈는 무리였기 때문에 선택의 여지 없이 단초점 렌즈를 삽입하게 되었습니다(이것은 돈이 거의 들지 않습니다).

원래 수정체는 수축해서 초점을 여러 곳에 맺히게 하는데, 단초점 렌즈는 한 곳밖에 초점이 맞지 않기 때문에 정해진 거리만 또렷하게 보입니다.

반대쪽 눈의 상태가 좋으면 그 눈으로 초점을 맞추어야 피곤하지 않기 때문에 제 경우는 근거리는 안경을 써야 한다고 했지만, 왜인지 딱히 아무 불편함 없이 현재까지는 맨눈으로 지내고 있습니다(그런 사람도 있다고 합니다).

익숙해지기까지 두 달이 걸리긴 했지만, 지금은 하루 3번, 안약 3개—— 합쳐서 9번을 넣는 것 외에는 아무 문제 없습니다.

다초점 렌즈 때보다 시야가 깨끗해져서 피곤하지도 않고, 두통도 사라졌습니다. 망막박리도 레이저로 예방했다고 하니 결과적으로는 잘된 일인지도 모르지만, 담당의인

호소야 선생님과 일러스트를 맡아 주신 시오 코지 씨에게는(귀여운 메구 씨와 마이마이 씨의 일러스트, 감사합니다!) 정말 폐를 끼쳤습니다.

편집장님도 일정 연기를 허락해 주셔서 감사했습니다. 폐를 끼친 다른 분들께도 이 자리를 빌려 사과드립니다. 정말 죄송했습니다! 지면이 얼마 안 남은 관계로 감사와 사과의 말로 마무리하겠습니다── 진짜 의미에서의 감사의 사과의 말이지만, 어쩔 수 없네요.

마지막으로, 본편의 테마는 '사람마다 다른 삶의 방식'이라고 할 수 있습니다.

각자의 사는 방식이 서로 부딪치는 인생의 교차점에서 사랑이 탄생하기도 합니다. 그 교차점을 만드는 방법 중에 매칭 앱이 있는 것 아닐까요?

그 사랑의 형태도 다양해서 상대가 꼭 이성이라는 법도 없습니다. 결혼도 어디까지나 인생의 일부에 불과하다는 생각도 듭니다!

저 자신은 흘러가는 대로 사는 인생이지만요.

처음에는 프로그래머가 되고 있었는데 어쩌다 보니 시나리오 작가도 되고 작가도 되고 사장도 되더니 최근에는 성우 소속사의 임원도 겸임하게 되었습니다.

알 수 없는 인생이지만, 앞으로도 즐겁고 건강하게 살고 싶습니다.

왠지 변명이 대부분을 차지해 버렸는데, 기다려 주신 독자 여러분께도 감사드립니다. 다치거나 병에 걸리지 않도록 건강 유의하세요. 무엇보다도 눈 건강을!

그럼 또 뵐 수 있으면 좋겠습니다.

2024년 10월 미사키 준

매칭 앱으로 만난 그녀는 내 제자였다 2

2025년 11월 15일 1판 1쇄 발행

저 자 미사키 준
일 러 스 트 시오 코지
옮 긴 이 김진희
발 행 인 유재옥
이 사 조병권
출판본부장 박광운
편 집 부 정영길 박치우 조찬희 이소의 정지원
디자인랩팀 김보라 전세연
디지털사업팀 김지연 윤희진 장혜원
라이츠사업팀 김정미 유아현 이지현
영업마케팅팀 최원석 윤아림
물 류 팀 백철기
경영지원팀 최정연
인쇄제작처 ㈜코리아피엔피
발 행 처 ㈜소미미디어
등 록 제2015-000008호
주 소 서울시 마포구 토정로222, 502호 (신수동, 한국출판콘텐츠센터)
판매 및 마케팅 (070) 8822-2301

ISBN 979-11-384-8830-3
ISBN 979-11-384-8770-2 (세트)